九歌少兒書房

www.chiuko.com.tw

連結愛的USB

黃麗秋◎著

陳彤渲◎圖

名家推薦

許建崑（少兒文學評論家、東海大學中文系副教授）：

故事開端，節奏緩慢，敘事繁瑣，弟弟佳翔的死沒有寫好。但弟弟死後，傷痛加劇。主角佳琳帶著老痴的祖父逃亡到弟弟想去的極地樂園，巧遇以翔，以翔彷佛是弟弟的化身。到學校去找吳老師，全家人得以進入了弟弟設計的藏寶遊戲，對弟弟的懷念與悲痛，層層湧現。原以為是篇社會譴責小說，談論人際關係、公安事件。讀到後頭，卻變成治療人性的良藥。

朱曙明（九歌兒童劇團團長）：

故事因為主角弟弟的過世而在哀傷中進行著，但也因為這樣哀傷的氛圍，引導讀者思索「把握現在」的重要。在我們的生命中，有多少人、事、物是失去了之後，才懂得去珍惜與欣賞呢？

故事最後「小翔給家人的寶藏」有著畫龍點睛的驚喜，一份小翔生前的家庭作業連結了全家人的生命情感，也讓故事有了圓滿的結局出口。

目錄

目錄

1

龍丸號

阿公又看著窗外。

什麼都不說，只是靜靜遙望窗外那輛生鏽的腳踏車。

媽媽說要把腳踏車收進儲藏室，嘴裡念著，但心裡捨不得，所以腳踏車就一直擱在院子裡任憑風吹雨淋，甚至生鏽了。要是小翔知道，一定會氣炸。那是阿公在小翔十歲生日時送他的禮物，小翔樂歪了，媽媽卻不太高興。

「外面交通那麼亂，車那麼多，小孩子騎腳踏車出門多危險，買這個給他，不是製造麻煩嗎？」

儘管如此，阿公還是很高興。小翔開心，阿公就開心，他說他會帶小翔到公園練習。

「還是阿公最好！」

別看小翔已經是個五年級的大個子，對阿公撒起嬌來，可是連我都甘拜下風。看我在一旁擠鼻子弄眼睛，一臉不屑，阿公便把我叫到身邊，偷塞了一百塊給我。

「拿去買喜歡的東西。」

我和小翔一樣，都很愛阿公，就像阿公愛我們一樣多。他怕我們姐弟倆互相妒忌，總是盡可能給我們公平待遇。就像幾個月前我生日，阿公送我一套《哈利波特》，我知道他也偷塞了一個卡通公仔給小翔。

媽媽常責怪阿公太寵小孩子了，害得阿公想送我們東西，只能偷偷摸摸。趁著生日，阿公總算能光明正大完成小翔的心願，但媽媽的不滿全寫在臉上，一直囑咐小翔：

「腳踏車只能在公園騎，而且是在寫完所有功課後。」

「爸，」她又轉頭看向阿公，「是你說要陪伊去的啊！以後伊吵著要騎，就要麻煩你帶伊去了。」

其實媽媽的叮嚀很多餘，我們從小到大，幾乎都是阿公在照顧，我現在已經國二，可以坐校車上學，但讀小學的小翔，每天還是由阿公接送，連他的聯絡簿，也是阿公簽名的。爸媽都在貿易公司上班，每天工作到很晚，就算回家，也還是在處理公事。我和小翔能不變成鑰匙兒童，都要感謝阿公，這是我們那麼愛他，最主要的原因。

小翔真的很喜歡這輛腳踏車，每天放學就吵著要阿公帶他到公園騎，他還為腳踏車取了一個很可笑的名字，叫「龍丸號」。我笑他蠢，他卻煞有其事的對我說：

「妳懂什麼！有一天我和阿公要騎『龍丸號』去尋寶。」

這就是小翔，在老師同學面前聰明懂事，在我們家卻像個嬰兒般天真的小翔。阿公常常陪他一起「讀」《湯姆歷險記》、《環遊世界八十天》那一類的冒險書，小學畢業的阿公雖然看得懂一些國字，但閱讀小說對老花眼的他來說還是很吃力，因此多半都是小翔加油添醋、唱作俱佳讀給阿公聽，這個愛作夢的小子根本就是硬逼著阿公相信寶藏的存在嘛！我譏笑他如果騎腳踏車去冒險，大概只能找到公園大樹底下埋著的狗骨頭，他又反唇相譏：

「總比妳騎著掃把，連我們家客廳都飛不出去好吧！」

我愛看《哈利波特》，他就老是以為我想騎掃把到處亂飛，真是單純又頭腦簡單的小翔……

院子裡的腳踏車生鏽了，小翔知道嗎？我的眼光順著腳踏車，回到阿公身上，將手輕輕搭在阿公瘦弱的肩膀上，喚他一聲：

「公……阿公，別再看了，下樓吃飯吧！」

阿公恍如大夢初醒般看著我，疑惑的說：

「那是誰的啊？」

我順著他的手勢看向窗外，腳踏車斜倚在門邊，灰灰髒髒的，像一具戰敗武士的盔甲，顯得狼狽淒涼。

阿公瞇著眼，煞有其事的罵著：

「阿良這小子，放學不返來厝，野到叨位去啦？」

阿良是爸爸的小名，看樣子，阿公又時空錯亂了。我輕輕攙著他越來越枯瘦的手臂，一步步踩著沉默下樓去……

「噠！噠！噠！噠！」

急促的腳步聲從大門直衝樓梯，再撞進我的房門裡。

「姐！有沒有不要的CD，兩片給我。」

小翔脫下書包，臉色不知是因為剛才的急跑或是太興奮而泛著紅光，等不及我回答，就自顧自在雜物箱裡翻找搜尋。

「幹麼啊？」我盯著他的後腦勺問。

「啊！就這兩片好了！前幾個月的空中英語，妳不會再聽了吧！」

根本不需要我的答案，小翔已經腳底抹油，直接滑向大門口。禁不住好奇，我也跟著跑下樓去看看他在搞什麼花樣。

「阿公！找到了。」

小翔把CD交給阿公，阿公點點頭，接過CD，蹲在「龍丸號」後輪邊，將CD會反光的那一面用鐵絲固定在車子尾端。

「後壁這樣就妥當了，頭前也綁一塊卡安全。」

「呃！小翔，」我雙手叉腰的影子正巧覆蓋在阿公蹲低的身上，「你不要天天為了阿呆『龍丸號』，要阿公幫你做東西的好不好？」

「哪裡呆？『龍丸號』這名字超酷的！我上網查發現，極地樂園有艘海盜船也叫龍丸號耶！阿公阿公，我們找一天去坐那個龍丸號。」

阿公笑咪咪的，對小翔的任何建議，就算真的很蠢，也總是無條件接受。小翔對不以為然的我呶呶嘴後，就蹲在阿公身邊，面露疑惑：

「公，這樣有效嗎？要不要乾脆買個反光鏡就好？」

「免，免，」阿公用力拉緊鐵絲，「我看隔壁安仔也是前後攏綁一塊，這卡大塊，比開錢買的擱卡好用。」

小翔摸摸「龍丸號」，迫不及待要阿公帶他到公園蹓蹓，阿公微微笑，眼角泛起溫和的魚尾紋。

「阿翔仔真活潑，愛運動是好事，不過你媽交代你要先寫功課咧！」

「一下子而已嘛！」小翔又對阿公使出死纏爛打的絕招了，「等一下回家就立刻寫功課，媽媽不會發現的，拜託啦！公……」

「噁！」我在一旁故意做出嘔吐狀，「你這麼大一隻，撒嬌很噁心耶！」

「老姐，不要跟媽講喔！」

小翔蹬上腳踏車，阿公未置可否，只是趕緊騎機車跟上，回頭對我揮揮進屋去的手勢。

「阿琳仔，門鎖乎緊啊！阮馬上返來。」

瞥見阿公的野狼機車「噗！噗！噗！」慢吞吞跟在後頭，小翔放心且得意的加快腳步，「龍丸號」便像長了翅膀，載著興奮的小翔，往天空奔馳而去。

2

老伴

我家的成員不算複雜，本來有阿公、阿嬤、爸爸、媽媽、我和小翔。兩年前，阿嬤被檢驗出有惡性腫瘤，而且已是肝癌末期，住院後不到一個月就去世了。那陣子，阿公常一個人騎著機車出去，直到傍晚才回家。爸爸知道阿公很傷心，也不敢過問，只好每天拜託姑姑接送表弟們上下學時，順便繞到我家接我們兩姐弟一下。這種情況也不知持續多久，有天下午，我和小翔被姑姑匆匆帶進家門時，阿公赫然出現在客廳中，也沒開燈，一個人木然的癱在沙發上。姑姑見狀，驚叫一聲，立刻衝到阿公身邊：

「阿爸！你是怎麼了？」

此時的阿公就像掉進一顆小石子的空瓶子，搖起來「吭鏘！吭鏘！」發出空洞的聲響，不發一語，有點呆滯。

阿公反常的模樣把我們都嚇壞了，姑姑趕緊掏出手機，撥電話給爸爸：

「大哥，爸怪怪的，你趕快回來啊！」

我和小翔不安的蹲在阿公身邊，阿公黑黑胖胖的手，一直是我們姐弟倆最重要的支撐，現在摸起來卻軟弱無力，甚至沒有知覺。我濕了眼眶輕喚阿公，小翔則是被嚴肅的氣氛嚇得哭起來。

「阿公，阿公，緊起來啦！來啦！」

阿公好像解除了定身魔咒，看著眼前的小翔，輕輕摸著他的頭淺淺一笑，然後抬頭對著面露擔憂的姑姑說：

「阿玉仔，我想要返去『舊厝』。」

阿公說的「舊厝」，就是大寮鄉下那棟老房子。在我七歲以前，我們姐弟由於爸媽工作繁忙的關係，一直和阿公阿嬤住在那裡。大寮的房子大多低低矮矮，路旁老是隨意長滿了木瓜樹、芒果樹，隨時有雞鴨在馬路上散步，是道道地地的「鄉下」。這麼多年沒再聽見的地名，突然由阿公的嘴裡提起，我心中雖然不安，卻有份親切感。但對早已記憶模糊的小翔來說，卻是大大疑惑，他皺著眉頭問：

「這裡就是我們家啊！什麼『舊厝』？」

阿公原本略顯矮胖的身體，縮在沙發中，顯得格外渺小。他眼眶潮濕的看向我和小翔，似乎充滿著歉意，正當他開口想說些什麼時，爸爸竟意外迅速的回到家裡來了。

雖然早知道姑姑有通知爸爸，但對一向以工作優先的爸爸居然在上班時間趕回家，我仍十分訝異，也因此感覺到事情的嚴重性。爸爸劈頭就問：

「阿爸，你是叨位沒爽快？甘有去看醫生？」

爸爸湊過身去攙扶阿公，轉身叫姑姑：

「美玉，快幫我……」

阿公突然自己站起來，拍拍爸爸的肩膀說：

「免，免，我沒代誌。」

然後，看著屋裡的我們，再度重申：

「我要返去『舊厝』。」

就這樣，我們一家人難得的在假日聚集，陪阿公回大寮去。原本阿公不想驚動大夥兒，說自己可以騎機車回鄉下就好，但爸媽卻煞有其事的認為應該親自送阿公回鄉下比較妥當，兩人便排了難得動用的休假，在週末時，一家人回到所謂的「故鄉」。

對當時十二歲的我來說，再看見這棟紅色低矮的老房子，心中是有些陌生疏離感的，但阿公就不同了，他像魚回到大海一般，拎著行李快步進入熟悉的內堂。我剛出生時，正值年輕的爸媽事業起步的草創時期，根據他們的說法，他們是萬分不得已，才忍痛送我到鄉下和阿公阿嬤同住。

三年後小翔出生，又為了讓他和姐姐作伴，只好再把他送來鄉下。阿嬤說，我三歲時很愛欺負小翔，每次都嫌他太吵太愛哭而偷捏他的胖臉頰，或因為「爭寵」胡亂發脾氣，常把阿公阿嬤搞得暈頭轉向，縱使如此，他們還是因為有我們兩個作伴，成天開心不已。

我七歲那年，爸媽以要讓我們受較好的教育為由，理所當然的把我們帶回高雄去。過沒多久，卻因為我們天天吵鬧，並且不願意配合在課後安親班待到晚上八點，哭鬧著要找阿公阿嬤，爸媽沒轍，只好回頭請求兩老搬來高雄和我們一起住。

其實早先爸媽也曾邀請阿公阿嬤到高雄同住，但因為阿嬤說她不想干涉年輕人的生活，而且大寮才是他們熟悉的環境，所以沒有答應。但這次，尤其是我們離開以後，阿嬤說阿公天天嘆氣，阿公說阿嬤日日失眠，總之就是十分捨不得，為了給我們最好的照顧，阿公阿嬤只好捨棄家鄉，搬來高雄。

這次，再回到大寮，阿公顯得有精神多了，放下行李，二話不說，立刻走進菜園裡，拾起一旁的鋤頭開始鬆土。看著原應荒廢的菜園裡竟工具齊全，雜草盡除，我們才恍然大悟，原來，前幾天阿公「失蹤」，就是騎著機車大老遠回到鄉下來整理菜園。

我有點生氣，阿公竟早就計畫好想離開我們了，難怪他一臉抱歉。小翔卻還很遲鈍，與高采烈的跑向阿公，爭著要拿鋤頭起來玩。爸爸杵在一旁，一點都不像阿公有回到故鄉的興奮感，反而輕輕嘆氣對媽媽說：

「爸這次堅持要回鄉下，一定是媽的事讓他打擊太大，我看就讓他在這裡待一陣子，等他心情好一點，再把他接回高雄吧！」

媽媽不置可否的聳聳肩，然後兩個人就一起走向在阿公身邊礙事的小翔，萬般溫和的請他不要干擾阿公。

我心中突然升起一股無名火，傷心的阿公、理智的爸爸、冷漠的媽媽和笨蛋小翔，我很憤怒，為沒有人和我同一國而氣得發抖。我像一支利箭射向那幅和諧的畫面，語氣很衝的問：

「你什麼時候回家？」

沒有親暱的稱呼，沒有平時的禮貌，我突如其來的問題，噴火的眼神，讓眾人嚇一大跳。爸爸率先打破沉默，大聲斥責我：

「陳佳琳！妳是在跟誰說話！」

阿公停下鬆土的動作，看看我，又看看爸爸，揮揮手要爸媽先帶小翔去對街吃冰，爸媽遲疑一陣，瞪了我一眼便離開，剩我和阿公對立在凹凸不平的土地上。

「琳仔，」阿公溫和的喚我一聲，然後轉頭看向背後的舊屋子，「妳甘擱記得這個所在？」

我順著阿公的眼光環顧四周，輕輕點頭，「嗯！」

「這個所在，是我和妳阿嬤閂陣三十幾年的所在，古早人在講：『前世相欠債，這世才來作夫妻。』妳阿嬤常常在講，她前世一定欠我不少，這世才會還不清，跟我吃苦。早時陣我攏當作伊是在雜唸，沒愛睬伊，這當陣我才知影，伊實在攏沒過過什麼好日子，就這樣孤單一個家己走啊！我心肝頭足甘苦，不知影要怎樣？只好返來這，替伊把菜園顧乎好。」

這時我才明白，原來我自以為是的「家」和阿公阿嬤心目中的「家」，竟然是兩回事，自私的人，似乎也包括我……。

「可是，」我哽咽著，「我想跟阿公一起住啊！」

話才說完，我的眼淚就像瀑布一樣狂洩，阿公輕輕環抱著我，我感覺到他的臉頰也有燙燙的淚水。

「我知影，我知影……」

以前，我曾經為了花花（一隻棕色黃金鼠）生病死掉哭了很久，那時阿嬤告訴我，所有的生命都是從很遠的地方來的，在人世間走了一圈後，又回到很遠的地方去，這是很自然的現象，不用太難過。我一把鼻涕一把眼淚問：

「很遠的地方是哪裡？」

阿嬤摸摸我的頭說：

「就是神明那裡啊！生命是神明賜乎我們的，也是神明收返去的，最後大家攏會去神明那邊會合的。」

所以，來自遠方的花花和阿嬤，你們現在也是回到遠方，在神明住的地方作伴囉！我想告訴阿公，卻因為哭得太厲害，一個字都吐不出來，但我相信，阿公一定也清楚這個道理，他只是還不習慣，他只是，想念他的老伴而已。

3

某奴

大約過了半年，阿公帶了一些細細長長的茄子、翠綠的青菜和一大袋玉米回高雄來。我和小翔開心得不得了，因為我們終於可以不用再吃自助餐，不用待在安親班到三更半夜，也不用隔著電話和阿公聊天了。

有人說，時間是治心病的最佳良藥，我想，這或許是真的吧！至少阿公這次回來，的確顯得開朗多了。雖然他有時會一個人待在房裡不說話，有時會帶著落寞的背影坐在窗邊發呆，但至少他還是回來了。

其實，阿公一直很想找點家事以外的事情做，例如，在玄關前的小空地種些花草，可以怡情也可以美化環境，我和小翔很贊成，但媽媽一聽見，立刻面有難色的看著爸爸，爸爸就很有默契似的轉告阿公：

「阿爸，在門口種花草很會引蚊子小蟲，對囝仔不好，萬一不小心被蚊子叮到，得天狗熱怎麼辦？」

我真搞不懂爸媽的論調，難道，高雄市登革熱猖獗，都是因為玄關種了花草嗎？但阿公一聽見對小孩不好，雖然不甚了解，卻還是全盤接受，就不再提種花草的事了。

阿公阿嬤算是走在時代尖端的人，因為他們會分擔家事，阿公並不是以「君子遠庖廚」為由而只吃不做的大男人。阿嬤照顧孫子時，是阿公煮飯，阿公陪孫子玩時，就是阿嬤打掃，雖然他們偶爾鬥嘴，但老夫老妻感情很好，很能互相體諒與合作。但是，從不作家事的媽媽，卻很愛在阿公阿嬤面前，賣弄一些她從書上看來的「家事經驗」。

「新聞有說，用耐高溫的橄欖油比豬油好耶！豬油吃太多，膽固醇過高，很容易引起血管阻塞，一不小心，還可能中風，很可怕耶！」

吃了幾十年豬油的阿公阿嬤，被媽媽那些專有名詞唬得一愣一愣，只好硬是改用橄欖油。

過沒多久，媽媽又買了一包黃豆粉回家，說是沙拉脫不夠天然，會汙染環境也會傷害人體，改用黃豆粉洗碗的話，好處多多，一樣可以把碗盤洗乾淨。阿公阿嬤便開始使用黃豆粉洗碗，但黃豆粉沒有泡沫，加水只會像麵糊，洗小面積的碗筷還可以，大面積的鍋瓢，就會讓他們傷透腦筋，常為了刷一個炒菜鍋而費盡力氣。

然而這些問題，跟他們面對「男丁」小翔的管教方式，就是小巫見大巫了。小翔很會看臉色，阿公阿嬤好講話，他就比較敢對他們撒嬌耍賴。小時候，他不喜歡吃飯，為了吃一口飯，阿嬤要負責講故事，阿公要負責在他吃下飯後拍手，一頓飯下來，起碼四、五十分鐘。

然而，很偶爾的偶爾，會是媽媽休假在家，由她餵小翔時，一切可就沒這麼愉快了，小翔要吃不吃的樣子很容易惹惱媽媽，常氣得她拿「愛的小手」起來猛抽一頓。但這樣的結果就是小翔更是哭鬧，不願意吃飯。這時，如果阿公阿嬤打算來「搭救」，那可就慘了，媽媽會板著臉孔，很「客氣」的對他們說：

「爸媽！小孩子不能寵！請你們不要管！要哭就讓他哭，哭夠就會吃了。」

這時，小翔就知道，他沒有靠山，這頓飯非吃不可了，但嗚嗚咽咽硬吞下的飯容易嗆到，看他咳嗽連連的模樣，阿公阿嬤常不捨的立在一旁默默搖頭嘆氣。

媽媽這樣說，似乎表示她是「愛之深，責之切」。但是，我發現她「寵小孩」的標準有兩套，只要是她做的都是為孩子好，阿公阿嬤做的，才是寵小孩。有時阿公阿嬤會為我們買來喜歡的零食，要是讓媽媽知道，就會禁止我們吃，並告訴阿公阿嬤：

「小孩子吃太多零食會變笨，也很會蛀牙、發胖，對身體沒有任何好處。」

但有時她和爸爸下班，手裡就會提著一袋客戶送的糖果或點心，給我和小翔吃。

阿公阿嬤會在我們需要時，給我們一些零用錢，讓我們去買喜歡的東西。我愛買文具和書，比較不會惹來麻煩，小翔不一樣，他喜歡戰鬥陀螺、遊戲卡、公仔等玩具，一些容易喚醒爸媽記憶與引發問題的玩具。

「功課做完了沒？」

如果答案是「Yes」，爸媽會皺著眉頭追問：

「怎麼不去看看課外書？」

如果答案不幸是「No」，那就有好戲上演了。爸爸會立刻扯下小翔手上的玩具，做勢要丟到垃圾桶，小翔會大哭，阿嬤會趕忙來打圓場，然後，媽媽就會搬出她的教育理論：

「媽，小孩子不能寵！成績都退步了，還成天只想著玩，現在就要把他改過來，不然將來會很辛苦！」

平時有阿公阿嬤照顧，所以我們不用上安親班，但每天我們還是會把功課寫完，只是時間早晚而已。週末假日時，我們被安排了很多才藝課、英數先修課，根本就沒有屬於自己的時間，我可以理解小翔想玩的心情。但爸媽不關心現在，總是說將來，而阿公阿嬤一聽見將來會害了我們之類的話，就只能啞口無言，默默立在一旁，心有不捨的看小翔哭鬧，靠山已退，小翔還是胡鬧，媽媽便會使出殺手鐧：

「不然明天開始去上安親班好了。」

這句話往往比十根棍子還有用，小翔只好乖乖認命，一把鼻涕一把眼淚上樓寫作業。

聽起來玩具好像是家裡的「違禁品」，其實不然，有時玩具也會是「補償物」，當它來自於爸媽。他們不常陪伴我們，可能心裡有些愧疚，當他們領薪水、分紅利、發年終獎金，或者我們生日、聖誕節、新年，還是考試一百分，爸媽就會非常大方，送我們一堆禮物，有些送小翔的玩具重複了，他們也沒發現。我們的禮物，常常依據他們賺錢多寡而不是我們的需求作調整。

小翔三、四歲時，體質虛弱，只要季節轉換就生病，一生病，便愛哭鬧，一說吃藥時間到了，他更是使盡吃奶力氣，手揮腳踹拚命掙扎，嚎啕大哭。阿嬤為了讓他快康復，總是強押著他，硬扳開嘴巴餵藥。媽媽就不會用這種費力氣的方式，她總是冷靜的看著小翔，要他做兩種選擇，一種是「棍子一頓，吃藥」，另一種是「吃藥，糖果一顆」，再傻的人也知道要選什麼。但是，這回換阿嬤不贊成：

「人講『甜會解藥性』，才呷藥仔擱配糖仔，哪有效啦？」

媽媽臉色有點怪異，沉默一陣子，才笑笑的說：

「不會啦！我給他吃的是維他命C軟糖，是有營養的，一般糖果哪能比？」

這麼多年來，類似這樣小小的意見相左，

總是一點一滴埋在爸媽和阿公阿嬤之間，這是我後來才漸漸發現的。阿嬤和媽媽在教育上各有見解，這跟面對鍋碗瓢盆不同，因為是心愛的孫子和孩子，她們便各有堅持。而居中的爸爸，便是義不容辭的協調者。但是，媽媽的態度通常比較強硬，所以爸爸只敢請阿嬤盡量配合。

「媽，雅君講的代誌，攏是為囝仔好，妳就加減聽，別跟她結氣嘛！」

阿嬤聽了總是嘆氣搖頭：

「卡早飼你兄妹仔，呷啥穿啥隨意。這陣幫人帶囝仔，逐項攏足注意，不過人嘛是沒滿意。我乎孫仔呷一粒糖仔就講會蛀牙，伊乎囝仔呷的就卡有營養。我乎孫仔所費，講怕囝仔浪費黑白開，伊乎囝仔玩具就講是獎品。講阮寵孫，自己的孫，哪有可能沒疼？講阮不會教囝仔，啊你兩個兄妹不是攏我教出來的，一個做主管一個嫁給老師，甘有卡差？」

就算阿嬤偶爾對爸爸發牢騷，但大多數時間，她還是選擇默默接受。而「肇事者」小翔又如何呢？

「阿嬤！晚餐我想吃泡麵！」

唉！總是出這種難題讓阿嬤傷腦筋……

4

意外

阿嬤去世後，阿公就成了家中大廚，以中式傳統食物為主食的阿公，從來不會煮米、菜肉、湯以外的料理，這對深受西方文化影響的我們姐弟倆來說，無疑是最大的挑戰。尤其，當阿公把我想吃的義大利麵煮成番茄醬拌乾麵，或者把小翔愛吃的薯條誤解成地瓜切條蒸煮時，都會讓我們感到生氣。我們很愛阿公，但是，還是忍不住抱怨他的「落伍」。

我和小翔有時候會開玩笑的叫他「煮」父，阿公本來聽不懂，後來懂意思了，還直誇獎我們姐弟很有創意，真佩服阿公的包容心啊！

嚴格說起來，阿公不只是「煮」父，他還是我們的萬能保母，一手把我們拉拔長大；是我們的超級朋友，整天陪我們玩也不喊累；是我們的無敵司機，不論晴雨總是提供最溫馨的接送。小翔有了「龍丸號」之後，原本想自己騎腳踏車上學，爸爸立刻反對：

「馬路上車那麼多，你連走路都不看路，自己騎車，太危險了！」

爸爸的話已經夠一針見血了，媽媽又補一刀：

「你該不會是想騎著什麼丸子號給我去哪裡鬼混吧！」

小翔最氣媽媽每次都把他說的話當兒戲，大聲反駁：

「是『龍丸號』啦！探險跟鬼混是不一樣的！」

這個不知死活的小翔，想用這種高傲的態度爭取權利，根本就是拿雞蛋砸石頭，媽媽正準備好好「教育」小翔時，阿公及時出現：

「安啦！安啦！翔仔我會繼續載啦！伊想要騎腳踏車，我會帶伊去公園騎。」

雖然不甘心被父母看扁，但小翔還挺識時務，知道這時候最好乖乖閉嘴別再做無謂的掙扎，否則，連公園都別想去。

那一天，小翔上學前，不知是哪根筋不對，突然丟了一個歪七扭八的紙袋子在我桌上，得意洋洋的說：

「這是我花了一個多禮拜弄成的心血結晶喔！讓妳見識一下妳弟弟多聰明！」

我也急忙準備上學去，根本不細聽他說些什麼，大手一揮將他趕出門外：

「我要換衣服，快出去啦！」

小翔一邊退出門外一邊叮嚀我：

「姐，要打開來看喔！」

眼見再十分鐘就要趕不上校車了，我匆忙換上制服，拎著書包與早餐往大門飛奔，小翔跨上阿公的野狼機車，瞥見我，露出燦爛的笑容大喊：

「笨瓜再見！」

我聽見阿公低聲糾正他，也聽見小翔調皮的笑聲，時間太過緊迫，我連頭也沒回，隨便朝背後揮個手，就衝向巷子口等車。下午，因為小翔放學後要補英文，阿公得去接他，配合他們晚回家的時間，我也會在這一天，留在學校活動。

雖然知道他們今天會晚回家，但通常再晚，也不會超過七點，踏進門，發現客廳一片漆黑，我正感覺納悶，電話便在此刻響起。

「佳琳！妳總算回來了！我……唉！去接妳再說！」

姑姑的聲音異常急促，又帶著哽咽，這種不尋常的氣氛，讓我不安，當姑姑告訴我這個噩耗時，我簡直嚇得手腳發軟。

「快！到醫院再說！」

姑姑說，剛剛小翔和阿公在巷口與腳踏車擦撞，後座的小翔跌出去，倒在快車道，又被汽車輾過腳，傷勢很嚴重。

很嚴重……很嚴重……很嚴重……

這幾個字像金箍咒一般，一直在我腦海裡盤旋，我完全不敢發出聲音，生怕一開口，就會接收到更可怕的訊息。

來到醫院，爸媽已經在開刀房外等待，臉色慘白。萬幸的是，阿公的傷勢較

輕，但他一直惴惴不安叨絮著：

「翔仔，翔仔，緊醒過來喔！翔仔，翔仔……」

肇事的腳踏車車主，穿著高中制服，看來也是多處擦傷，但至少人很清醒，只是略顯不安與不耐的在他父母包圍下愁眉苦臉。

「你抄什麼小路啊！晚上騎車還衝那麼快！闖大禍了你知不知道！」

他父親氣急敗壞的在醫院裡教訓兒子，母親則在一旁搖頭嘆氣，接著，來到爸爸身邊：

「這位先生，我們很抱歉，聽說是因為我兒子衝太快去撞倒老先生，害您兒子受重傷，老實說，我們現在也亂了分寸，不知道該怎麼辦才好，真的要求老天保佑，保佑您的兒子平安……」

原本跌坐在椅子上的媽媽突然站起來：

「現在才道歉有什麼用！你們是怎麼教孩子的啊！你們——」

爸爸趕緊制止媽媽更激動的言詞，對方的父親聽見大吼聲也湊過來，臉色非常難看：

「這位太太，妳的小孩受傷比較嚴重，我們才覺得抱歉，但剛剛的意外到底怎麼發生，誰是誰非，還要警察判斷過才知道，妳別以為——」

「老公！」

剛剛還很客氣有禮的對方母親，顯然也覺得自己的先生太過分了，突然提高音量大叫，把我們全都嚇了一跳，然後，她理理散落的髮絲，又很怯懦的看著爸媽，低頭致歉。

那個高中生，自始至終，都只是遠遠看著，直到他父母留下聯絡方式離去之前，都沒聽到他表示一點歉意，甚至連一個歉疚的眼神都不曾有過。但我們現在最需要的，不是道歉，而是一個好消息，小翔，這只有你能給。

手術進行了很久，我們焦急的心，也跟著糾結。終於等到醫生出現，大人們一擁而上，聽取醫生說明病況，我，不想聽這些，只想快快看見小翔，活蹦亂跳的跑出來告訴我們：

「我沒事了！」

但，這樣的奇蹟，並沒有發生。手術結束後的小翔被護士阿姨們推出來送入病房中，本以為這代表小翔好了，沒想到，這種樂觀只持續了兩天，小翔的血壓突然又降很低，醫生們陷入一陣慌亂中。

我的眼前，一片混亂，好多影子，好多聲音，像快轉的影片，一道道白影像一條條靈魂在眼前晃動，此後，一陣巨響，一聲嘆氣，一道道淒厲的呼喊，撕碎希望，劃破心臟，重創呼吸，一陣天旋地轉，從此，我的世界毀滅！

5

演員

我以為，今天的天氣會是連續劇裡常配合陰鬱氣氛出現的雨天，沒想到，晴空萬里，太陽一點兒都沒有看到我們的悲傷似的，自顧自綻放鮮麗。一大早，來到這裡，我們一家人永遠都不想再次經歷的道路上，可恨它只在家門外五百公尺左右的距離，就是想避也避不開。

撞上未裝反光鏡的腳踏車，使阿公的機車打滑翻覆時，小翔是如何倒在快車道上的？汽車緊急煞車不及，直直壓過小翔的大腿，那一定很痛很痛。醫生說，小翔喪命主因是落地時頭部受劇烈撞擊，不管如何，我們仍衷心懇求小翔倒地當時已經昏迷，那麼他的痛苦才不會那麼清晰，我們的心痛也能稍微舒緩。可是，最讓我們無法承受的結局已經確定，再回到這裡，也只是心痛的延續。

是姑婆建議的，她說小翔是意外喪生，魂魄會留在外頭遊蕩，必須請法師招魂，將他的靈魂牽引回家。父母是長輩，不能靠近出事現場，因此，由我代勞。

跟著招魂幡，抱著小翔笑得燦爛的相片，踩在法師搖鈴誦經的節奏上，陰鬱的煙霧繚繞，幾乎使我無法在大人們指揮的每一個細瑣步驟中專心。

抱著小翔的遺照，想起在他生前，我抱過他幾次？我們的興趣迥然不同，我是否曾真心讚賞過他與我分享冒險計畫的發亮神情？那天，他急急忙忙拎著書包出門時，我是否回應了他那一貫清澈響亮的再見？我是否在他每一年切生日蛋糕時，告訴他這世上我最疼愛的人就是他？誰來告訴我答案？如果我召喚的，只是小翔抽象的魂魄，那這股壅塞在心中具體的疼痛，到底要怎麼平衡？我沒有哭，一滴淚都沒有，感情被巨大的困惑塞住了，重重壓在心底，我，哭不出來。

恍惚間，媽媽的聲音順著冷風幽幽傳來，她站在轉角處，挽著小翔的衣服喃喃自語，喉頭間還發出一種類似吹狗螺的尖細哀鳴。爸爸立在一旁，像踩在劍刀山上，眉頭緊鎖。而阿公，則在姑姑和姑丈的攙扶下靜默，似乎洞悉一切又似乎渾然無覺的環視四周，他也許是在尋找，也許是設法遺忘，不管是什麼，我只看見悲傷。

法師拿了兩個銅幣，要我擲筊，我是線偶，被人輕輕一拉，就無意識的做出動作。

「唉呀！無杯，擱一擺！」

姑婆聽法師說我擲不出允杯，趕緊湊近：

「妳在心內要多念幾擺恁小弟的名，叫伊趕緊返來！」

在心底念著小翔，在腦裡想著小翔，這樣他真的能聽見嗎？小翔，小翔，別再讓我們傷心了，回來吧！

「唉！也是無杯！」

銅錢叮噹落地，法師難掩失望的宣布還是沒招到小翔的魂魄，眾人因此都有些著急，我則被拉過來扯過去，指點更誠心的念禱。

突想起，幾個月前，小翔為了和我爭奪電視主權，也曾提議擲錢幣，反面我贏，正面他贏。小翔怕我作弊，還要求阿公擲，沒想到，擲出了反面，我得意的搶回遙控器，賴皮的小翔立刻大喊：

「不公平！不公平！正面凸凸的比較重，當然會反面向上啊！」

我一向不容許他耍賴，硬是搬出「機率」理論：

「傻瓜！這是『機率』問題，翻出硬幣正反面的機率各是五○％，非常公平！至於翻到反面，那就是在相同的機率下，我多了一分運氣，天意啦！」

現在，我也在擲硬幣，卻已經弄不清楚，這是單純的機率，或真是小翔做了選擇？難道，小翔依舊耍賴，不想跟我們回去？

「念出來，念出來，要擲之前念恁小弟的名，跟伊講恁厝裡的人攏來接伊啊！叫伊緊返來。」

歷練豐富的姑婆似乎也沒有其他辦法了，總是重複提醒我相同的禱詞，法師則在一旁搖起鈴鐺，彷彿小翔不肯回來，是因為他沒聽見我在這兒的殷殷呼喚。結果，又連擲三次，還是沒成功。這下子，立在街角的媽媽忍不住了，雙膝一軟嚎啕大哭，爸爸和其他長輩們也受到感染，不再隱忍悲情，全紅了眼眶。

原本安靜到近乎不存在的阿公，好像突然看見光線的盲人，睜大眼睛看著我，用蒼老又混濁的聲音喊著：

「返來啊！返來啊！返來啊！」

阿公，阿公說話了！大家只沉浸在沉痛的氣氛中，沒怎麼關注開口說話的阿公，然而，我卻清清楚楚聽見他老人家的呼喚，小翔，你一定也聽見了吧！求求你，快回來吧！

「有啊有啊！擲到杯啊！」

法師的大聲宣告讓眾人那顆沉重卻又無法安放的心總算落地，接下來，一系列既虛幻且實際的步驟又總算能進行下去。

一切好像一齣誇張的舞台劇，演員自顧自演出，明明能夠感受到現場觀眾的反應，卻要裝做不在意，沉浸在劇中專注著。我，是台上的演員，對著空氣喊：

「翔，上車了！翔，出發了！」

我知道，這些話小翔是聽不見了，這是喊給活著的親人們聽的。

6

破鏡

若說媽媽變得奇怪，倒不如說她變得「很像媽媽」。從前，她忙著工作，把照顧我們的事情託付給阿公阿嬤，在她眼裡，我們好像不用澆水就會長大的小樹苗，緩緩抽長，自然成蔭。

自從小翔離開後，她每天準時下班，甚至親自下廚，並且，擺好每一個人的碗筷——包括小翔的。飯桌上，沒有一絲聲響，我們用呼吸對談，用寧靜塑造幸福的假象。我真的不知道，這種連「笑」都像犯罪的家，還能算是一個家嗎？

小翔以這種方式離去，讓家人不捨的心中都釘上一支長長的自責釘，血流個不停。爸爸責怪交通，責怪工作，更責怪自己，口頭上不說，但他用逃避的眼神責怪阿公；媽媽責怪醫院，責怪命運，在出事當天更大聲斥責阿公：「你為什麼不小心一點？為什麼不開車去接？為什麼不注意路況？為什麼讓這種事發生在小翔身上啊？」而阿公，只是茫然，什麼都沒說。從小翔失去生命跡象那一刻起，阿公就不再像阿公，他用沉默與遺忘懲罰自己，最懦弱、最可悲，卻似乎是最好的方式……

小翔，因為你還小，以意外結束生命，一定不曾留下隻字片語來安慰家人。但你又不夠小，我們對你的記憶在普遍的漫長人生中雖然不算長，卻已經足夠讓我們用來日日夜夜思念你。然而，回憶像兩隻依偎取暖的刺蝟，總是刺得彼此遍體鱗傷，越捨不得分開，傷害越大。有時，一開房門，我幾乎聽見你大喊：

「老姐，快過來看我新畫好的藏寶圖！」

有時，走進客廳，我也彷彿看見你癱在沙發上邊吃零食邊看卡通的模樣。

更多時候，我看著阿公，透過他虛空的眼神，覺得他和我一樣，仍舊能在每一次空氣的流動中感覺到你的存在。但我們終究是怎樣也摸不著你，無法再和你進行對話了，這一切，都只是心痛的想像。

這個家，立在回憶的流沙中，幾乎快被淹沒。

然而有一天，媽媽居然笑咪咪回家，看見她異於常態的笑容，簡直叫我寒毛直立，連問一聲的勇氣都沒有。倒是爸爸，以一種刻意輕鬆的口吻探問，媽媽邊擺碗筷邊開心的說：

「以後不用擺小翔的了，我今天去同事介紹的廟，廟裡的王爺說，我們小翔有神緣，他給召回去當神了。」

我和爸爸不約而同互看一眼，頭皮有點發麻。爸爸小心翼翼的追問：「哪個同事介紹的？什麼王爺？妳以前有聽過嗎？」

媽媽立刻正色看向爸爸：「我知道你在懷疑什麼，別擔心啦！這是李副理介紹我去的，她們家有任何事都是向這尊王爺請示，非常靈

驗。」

突然，媽媽又紅了眼眶：「王爺透過乩童，告訴我小翔其實很想繼續留在我們身邊，但因為他是被神明選中的，要留在王爺身邊修行才可以，我們要幫他另立一個神位！」

我驚愕回望媽媽同時，爸爸赫然提高聲調：「別迷信了！」

爸媽正準備為此開戰，沉默許久的阿公突然接話：「什麼信？是阿良啦！這個猴囝仔，放學也不返來厝吃飯，又野到叨位去啦？」

瞬間，空氣像炸彈引爆在我們腦中轟隆作響，我們都徹底明白，已經碎掉的鏡子，是不可能復原了。

門鈴響起，打斷了我們一餐飯下來紛擾的思緒，爸爸前去應門，一對看來瘦弱無力的父子，畏畏縮縮進屋子裡。

「陳老先生，陳先生，陳太太，打擾了，很抱歉。」

爸爸的表情有些僵硬，媽媽則面色鐵青。

「陳佳翔同學告別式那天……，您在忙，我沒辦法跟您說話，只好，今天又帶著我兒子來打擾，真抱歉。」

我想起來了，這位先生，是小翔墜地後，不小心開車壓到他大腿的人，聽姑姑說因為他不是造成小翔去世主因的人，所以不會被判罪，那麼，他帶這小孩出現的目的是什麼？

「請坐吧！」

爸爸清一清喉嚨，似乎很困難的發出邀請。對方卻連忙揮手，弓著背站著，面有難色。

「陳先生，我……，雖然現在說什麼也沒有用了，但……我還是想向你們一家人表達最深的歉意。」

他雙手緊貼著腿，很誠懇的行了一個九十度大鞠躬，一旁的小男孩，默默抬頭看了他父親一眼，也趕緊跟著彎腰。

「走吧！既然知道沒用了，那就別再來了。」

媽媽對著他們的頭頂，冷冷的下逐客令。對方似乎很尷尬，依舊低著頭，身體保持直角動也不動一下。爸爸皺了皺眉頭，走過去拍拍那個人的肩膀後，又蹲在小男孩身邊，摸摸他的頭問：

「小朋友，你讀幾年級？」

小男孩驚訝的看著爸爸，怯生生回答：「三年級。」

爸爸的嘴角露出難得的微笑，又或者，是苦笑？

「車禍當時，你一定嚇壞了吧！」

小男孩像被啟動了開關，突然滔滔不絕：

「對啊！那個阿公的車突然倒下來，大哥哥就跌在我們車前面，爸爸來不及，撞到大哥哥，車子還彈起來一下，好恐怖喔！爸爸就趕快停車去看，我也有看到，哥哥身上好多血……」

這是第一次，小翔去世後第一次，有人這麼詳細的描繪當時發生的狀況，這種話題，是個禁忌，大家都知道發生什麼事，卻不忍心了解得更清楚，這孩子如此無意卻殘忍的掀開我們還沒有癒合的傷口。

小男孩的爸爸想對他這麼露骨的說法提出制止，媽媽卻比他早一步：「你們到底想怎樣？特地跑來這裡讓我們一家人難過嗎？別以為被判無罪就真的一點都不關你們的事，我兒子沒了！沒了！任何傷害他的人，我都不會原諒！走！快給我滾出去！」

媽媽不知哪來的力氣，一把推一個，硬要把那對父子推向門外，爸爸想拉住媽媽，卻使她更加激動。那位父親顯然是沒預料到會造成這麼大的混亂，只好慌慌張張拉住孩子抱在懷裡。

媽媽發洩過後，大概也有點訝異對方居然在她張牙舞爪的情況下，沒有奪門而出，便稍微克制憤怒，盯著他們父子看。那位父親喘一口氣後，起身開口：「陳太太，我理解妳的心情，我今天會帶著孩子來，是因為我兒子在這次的意外中，也受到很大的驚嚇和打擊，尤其，當我們知道陳同學沒救回來，更是傷心。我們來，是想向你們表達，雖然，這個事件判決已經出來了，但我也不會因此覺得不關我的事，我們是真心為陳同學感到難過。這孩子問我，我們可以做些什麼？我說我不知道，但至少可以表達關心，所以，今天就帶著他來了。」

是啊！是啊！事到如今，抱怨、憤怒、悔恨、遺憾，都已經改變不了什麼了，活著的人，彼此關心，才是我們唯一能做的吧！

媽媽低下頭，沉默、流淚，爸爸拍拍對方的肩膀，表示感謝。阿公，我心疼的阿公，從頭到尾，都一直盯著那個小朋友瞧，似乎在搜尋什麼。我，依偎在阿公身邊，吞嚥一家子的淚水與傷痛。

7

盒子

我雖然喜歡看《哈利波特》，但從不相信魔法，我深深明白，事情發生就是發生了，絕不可能重來。小翔的人生已經有了終點，但我的人生呢？爸媽的人生呢？阿公的人生呢？在此之前，人生如何？根本不需要定義，因為就算不下註解，每個人還是理所當然擁有自己的人生。如今我卻發現，人生是需要意義的，若不去尋找，也許，我們的人生都要停止在小翔生命終止的那一刻了。我很害怕，是的，我悲傷，但更多時候是害怕，驟逝的小翔好像把我們的人生也接收了，活著的人，到底該怎麼背著被悲傷啃噬的心，繼續活著？

電話鈴聲響起，將寂靜的房間畫出一道裂縫。

「佳琳，妳……方便出來看電影嗎？我和花花約了星期六一起去看《混血王子的背叛》，妳……能去嗎？」

死黨阿莫小心翼翼的提出邀約，從前，我是不需要被這麼謹慎對待的，現在，她用這種近乎客套的態度問我，反而更提醒我背著傷痛。我在話筒前擺擺手，刻意笑得隨興：

「當然能出去啊！什麼怪問題？只是，那天我剛好有事，妳們先去看吧！我以後再跟。」

掛上電話，抬頭看見鏡子裡自己僵硬的笑容，突然一股怒氣自腳底竄升，為什麼我得笑得這麼沉痛？為什麼我得被同情？為什麼我珍惜的人要消失？

「啊！」

我要砸爛這個世界，砸爛這些可恨的無可奈何！書籍在揮舞中散落，椅子在破壞中翻覆，就連書桌，也差點在撞擊中毀損！就在一切如狂風過境般混亂，一個在角落裡兀自棲息的小紙袋，喚醒了我的記憶。

「姐，要打開來看喔……」

是了，這個用廣告傳單折出來的小紙袋，是小翔出事那天早上，神祕兮兮交給我的，這也是，他最後跟我說過的一句話。

「要打開來看喔……」

瞬間，我冷靜下來，淚水在眼眶打轉，小翔留給我的，居然是這麼一句無關緊要的話，而我呢？那天急著出門，想必是連看都沒看他一眼吧！

打開那歪歪扭扭的紙袋，本以為會看見小翔的幼稚玩具，沒想到裡面是一張紙條，上面寫著手機號碼。

「0977XXX111……這……是誰的電話？」

我拿起話筒，有點緊張的撥打按鍵，對於即將接起電話的人，充滿好奇。

「喂，您好，請問您認識陳佳翔嗎？」

對方顯然很驚訝，停頓了一下才回答：

「是，我是他的導師吳欣怡，請問妳是……佳翔的姐姐嗎？」

原來是小翔的老師，但她居然知道是我打的電話，更令我驚訝萬分。

「妳是佳琳吧！」

「是……請問吳老師，您怎麼知道是我？」

吳老師嘆了一口氣，略帶憂傷的說：

「妳應該是看了佳翔的提示，才打這通電話的。我想，我們見面再說吧！」

為了不麻煩吳老師，我與她約定回學校去一趟當面再聊。帶著疑惑的心思掛上電話沒多久，就聽見門外一陣聲響。

「置叨位？置叨位？」

是阿公慌亂的聲音，我驚覺自己方才製造的噪音可能嚇壞阿公了，趕緊打開房門去看看他。如果在以前，阿公一定會輕撫我的頭，理解我的不甘；如果在以前，阿公一定會拍拍我的肩膀，安撫我的憤怒。如今在我眼前的他，卻眼神渙散四處摸索，像個迷路的小孩。

「阿公……」

阿公停下細碎的腳步，緩緩回過頭來看我。

「阿公，你是怎麼了？你還記得我嗎？還記得爸媽嗎？小翔呢？」

這一聲聲問句，像在自己的眼睛灑上胡椒粉，我禁不住刺激，流下眼淚。阿公皺眉看著我，好像正面臨困難的挑戰。

「妳甘知阮囝仔置叨位？」

「啊！」

這是一顆炸彈，一顆超級催淚彈，我受不了了！阿公！我不要你這樣！我決定徹徹底底的大哭，拉開嗓子，哭得天崩地裂。

也不知道過了多久，耳邊突然傳來「乒！乒！乒！乒！」的聲音，是姑姑匆忙趕來抱著蹲在地上放聲大哭的我，聲音發著抖問：

「怎麼了？怎麼了？佳琳，佳琳乖，跟姑姑說，發生什麼事了？」

「阿……阿公……阿公啦！」

我一把鼻涕一把眼淚指著前方，聲音像收訊不良的廣播節目，斷斷續續。姑姑是個溫暖的人，她緊抱著我，輕撫我的頭髮，聲聲呢喃：

「我知道，我知道，乖，佳琳好乖，別哭了，乖……」

自從小翔出事後，阿公變了，全家人都發現了，卻沒有人有心思將注意力放在活著的人身上，大家都只顧著怨怪死亡，飲泣悲傷。於是，我們這受傷的一家人，只好任憑傷口流血，卻沒有辦法為對方療傷。

雖然爸媽不再那麼常加班了，但工作屬性就是如此，有時候還是不免晚歸，因此，住在附近的姑姑，除了要料理自己的家，也要三不五時到我家幫忙。我一向不願意讓他們認為我還沒長大，是個需要被照顧的對象，就像小翔說的，我是個「騷包」，非常悶騷的性格。

今天，我才想起，自己也不過是個十四歲的女孩，我害怕、無助、痛苦、心碎，我沒有力氣再把堅強視為理所當然。姑姑輕拍我的背，輕輕撫著我的髮，我像個嬰孩，在她充滿包容與愛的懷裡安詳入夢。

再次甦醒，我已經躺在房裡，第一個撞進腦海的想法是：

「阿公呢？」

我起身打開房門，穿過走廊的細碎聲音，就緩緩自客廳流進我的房間裡。

「送去醫院吧！」

是媽媽的聲音，抬頭看看時鐘，快十點了。

「大嫂，遇到這種事，爸也很傷心，妳應該知道……」

姑姑的聲音有些顫抖，也許在哭吧！

「我知道不知道又怎麼樣？能改變什麼？」

媽媽又開始咄咄逼人了。

「好了，反正，就像我們剛剛討論的，美玉，明天拜託妳先帶爸去醫院檢查檢查，之後看怎樣再說了。」

再說了，我討厭爸爸總說「再說」，好像，那是無關緊要的事；再說了，我厭惡大家同意「再說」，好像，除了拖延，也沒有別的法子。再說了！再說了！再說了！

閉上你的嘴！

8

宣戰

我把長髮剪了，剪得和小翔一樣短，同學們都說好看，只有我知道，這不是關於外觀的問題，這是一種決心，一場與回憶決鬥，必要的決心！

幾個禮拜前，姑姑帶阿公去醫院檢查，醫生說阿公得了失智症，需要長期的治療，醫生不能肯定他發病的真正原因，更不敢保證他治癒的可能，因此，就設下定期檢查、吃吃藥、做做檢測等關卡，讓阿公在自己的迷宮裡繼續遊蕩。

「昨天念到湯姆被處罰刷油漆，今天繼續喔！」

阿公靜靜坐在藤椅上，眼睛彎彎的，好像在笑。我持續為阿公念《湯姆歷險記》，不知是心理作用還是真有奇蹟，阿公在我念這個故事時，總會帶著溫和的笑意，彷彿，他什麼都記得；彷彿，他還是以前的阿公。

「佳琳，妳說明天要晚點回來，有什麼事嗎？」

姑姑從廚房探頭，邊翻動鍋子邊與我交談。

「我要回力山國小一趟。」

「回力山？」

我點頭回應，一旁的阿公因為故事停頓而騷動不安，我和姑姑只好停止對話。正講到湯姆把村子裡的小孩耍得團團轉時，大門開啟，將爸媽疲倦且早衰的臉孔呈上，最近，他們又開始加班了。

「佳琳，帶阿公回房間去。」

爸爸一臉蒼白倦容，映襯得媽媽的怒容更形鮮紅，可見兩人剛剛才有過一番爭執，我識相的攙扶阿公，緩緩進房，只留下一副耳朵貼在門縫偷聽。

「美玉，我和妳大嫂的意思是，麻煩妳幫我們照顧佳琳已經很過

意不去了，現在還要加上生病的阿爸，妳自己也有家庭要照顧，我們怕妳忙不過來，所以……」

姑姑立刻接口，打斷爸爸沒有重點的話：

「沒什麼忙不過來，照顧自己的爸爸，是理所當然的。」

「小姑，」媽媽只要下定決心，一定會想盡辦法說服對方，「為了大家好，我們想把爸送去療養院。」

姑姑似乎早就料到媽媽會這麼說，對比於我的驚訝與憤怒，姑姑反而非常冷靜沉著：

「大嫂，說句難聽的，平時多數是我在照顧阿爸，我都沒喊累了，為什麼要送他進療養院？」

「就說是為大家好了，」媽媽明顯不耐，「爸得的是失智症耶！現在只是失憶、口齒不清，以後更嚴重，甚至沒有辦法生活自理，連大小便都要人伺候，請問，非要弄到這種地步嗎？送去療養院，有專業的人照顧，對爸來說，才是最自在的。」

「哥，你也這麼想嗎？」

姑姑是個非常溫和又理智的人，轉移討論的對象，是她壓抑怒氣的方式。然而，她轉移的對象，卻是個更容易引起怒火的人。

「我……跟妳大嫂想的差不多，好了，美玉，妳知道現在是什麼狀況，我已經沒力氣再去想什麼了，日子總要過下去吧！就算再痛苦，也是要過下去吧！別再爭了，就這麼辦吧！」

闔上房門，我的手因緊握拳頭而不住顫抖，這一陣陣因絕望而戰慄的感受，卻像激昂的戰鼓一般，聲聲敲醒我的決心、鼓動我的勇氣，該是拔劍的時候了，該是衝刺的時刻了，披上戰袍，我決定發動戰爭！

我給自己三天的準備時間，三天之內，一定要有所行動，不然，贏不了媽媽找療養院的高效率。首先，我需要一筆錢，所幸媽媽曾為我和小翔在銀行開戶，將我們每年領到的壓歲錢存入，所以，只要一張提款卡，就解決了原本該是最棘手的問題；再來，我利用網路搜尋路線，並規劃一個頗完美的行程；最後，只要準備輕便的行裝與糧食，一切就準備妥當！

「公，阿公，你很久沒出去玩了，我們一起去吧！」

趁著爸媽出門上班，姑姑還沒到我家前，大約有十幾分鐘的空

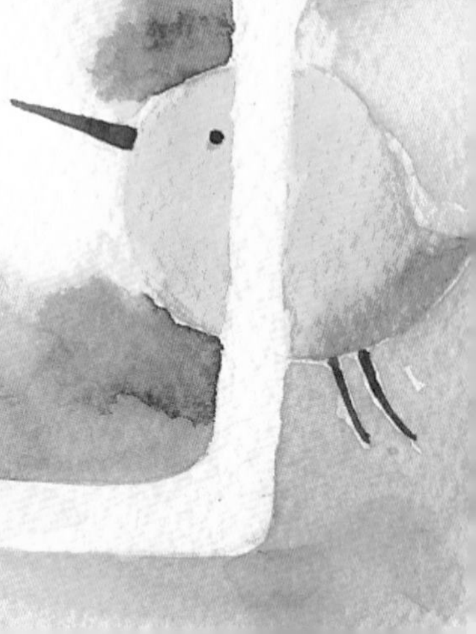

檔，我背著背包，刻意一派輕鬆，拉著正坐在窗邊發呆的阿公，邀他與我一起進行計畫。本以為很容易，沒想到，阿公卻不願意離開窗邊，發出嗚嗚的抗議聲，輕輕抵拒我。

「阿公，走啦！我們去玩。」

阿公完全沒接收到我善意的邀請訊息，只顧著甩開我的手，嘴裡叨念著：

「沒去！沒去！沒去！……」

眼看時間緊迫，急得焦頭爛額的我，靈機一動，衝進房間把《湯姆歷險記》拿出來，在阿公面前晃啊晃：

「阿公，我念《湯姆歷險記》給你聽。」

阿公果然有反應，笑嘻嘻的向前要拿故事書，我趁這個機會，把他連哄帶騙引到外頭去，背著行李牽著阿公，朝公車站前進。

一路上，阿公一直輕聲喃喃自語，表情非常柔和，心情顯然很好，相對於他的悠哉，策動計畫的我，反而有點神經兮兮，不時左顧右盼，深怕前有伏兵後有追兵。我很緊張但不害怕，對自己終於有勇氣試圖改變，甚至有點得意洋洋，我把小翔送我那裝著吳老師手機號碼的小紙袋當成護身符放在口袋裡，這一趟旅程，該是我、阿公、小翔三人一起擁有的。

「阿公，你會冷嗎？我有幫你帶外套喔！」

隨著公車搖搖晃晃，阿公原本亢奮的情緒漸漸平息，眼皮開始下垂，我將外套蓋在阿公身上，感覺他像個小嬰兒一樣，很需要人保護。

窗外的風景無關緊要，就是一幢幢高樓大廈和我們想擺脫的記憶，到底是為了逃跑或是為了追尋才出發？不管怎樣，我們的確都需要一些改變。

「火車站到了！媽媽，快一點！」

身旁孩子的驚喜聲喚醒了神遊的我，拍拍半睡半醒的阿公，緩緩攙扶他下車。因為是平常日，車站非常稀疏，沒什麼人潮，可能是這樣，反而讓我和阿公這一老一少的組合特別明顯，不遠處，有位警察伯伯一直盯著我們看，我強作鎮定，在心裡盤算無數個答案，果不其然，他靠過來了。

「妹妹，妳這個時間怎麼會在這裡？不用上學嗎？」

我目光無懼，眼神堅定迎向警察伯伯，露出一副好市民的可愛微笑，百般天真無邪的回答：

「我爸媽今天休假，要帶我和阿公一起出去玩。」

警察伯伯左右張望一下，接著問：

「那妳爸媽呢？」

「他們去買等一下上車要吃的午餐，叫我和阿公先到大廳去等。」

警察伯伯順勢看向我手亂指的地方，竟信以為真，叮嚀我和阿公要小心點，就讓我們順利離開了。

買了車票後，我擔心被剛才的警察伯伯發現，於是，早早就和阿公進入月台。為了打發時間，也為了安撫有些浮動的阿公，我開始念《湯姆歷險記》。阿公果然不再扭捏不安，靜靜坐在候車位置上聆聽。怕引起別人的注意，我刻意壓低聲音念故事，沒想到，一個在前座的孩子，竟轉過頭趴在椅背上，一起加入湯姆的歷險世界，甚至，頻頻發問：

「姐姐，為什麼湯姆和哈克沒有爸爸媽媽啊？」

「為什麼湯姆要騙大家他們死掉了？」

「為什麼……」

雖然他長得非常可愛討喜，但屢次打斷我的故事，讓我有點招架不住，阿公也開始浮躁起來，坐在小男孩身旁的母親，立刻制止他：

「小翔，坐好！」

這聲呼喚，讓我的心臟像觸電一般猛然震動，直直盯著小男孩，也許是心理投射作用，此刻的他，看起來跟小翔還真的有些相似。

「抱歉，打擾你們了，請繼續念故事吧！小翔再吵，就不能繼續坐在這裡了。」

孩子的媽媽表面上對著我說話，實際上是說給孩子聽。我看著面露失望的小翔，親切感油然而生，伸手摸摸他的小腦袋問：

「你也喜歡這個故事嗎？」

小翔興奮的猛點頭，才閉上沒幾分鐘的嘴巴，又開始動個不停。

「以前，我聽過這個故事喔！我比較喜歡哈克，他住在樹屋，好好玩喔！而且不用上學，真的太棒了！」

看他天真可愛的模樣，我微微一笑，孩子的媽媽順此打開話匣子：

「妳和阿公一起搭火車啊？爸爸媽媽呢？」

我收斂笑容，變得有點防衛且不願意回答，還以為她會繼續追問下去，沒想到，她先開始自我介紹起來：

「別擔心啦！我不是怪阿姨，我姓蔡，是個護士，難得排休假，打算帶小翔去逛逛博物館。」

小翔在他媽媽背後擠眉弄眼，敏感的蔡阿姨察覺，搖頭苦笑說：

「我知道你不是很想去啦！但總比沒有好吧！博物館不遠又有很多東西可以看，很不錯啊！」

小翔不以為然的回嘴：

「媽媽每次都只會帶人家去博物館，好玩的地方很多啊！不信妳問姐姐，她和阿公要去的地方一定比博物館好玩。」

被小翔這麼一說，再不說出自己要前往何處，似乎就顯得太小氣了，我只好向這對初次見面的母子透露行程：

「我們要去極地樂園。」

「極地樂園！好酷耶！看吧！我就說姐姐他們要去的地方比較好玩！」

小翔極力附和，但蔡阿姨卻面露疑惑：

「極地樂園？在哪兒呀？」

我攤開路線圖，略作說明：

「這是去年剛蓋好的樂園，不大但聽說很有特色，就在橋頭站附近。」

「咦？」蔡阿姨很驚喜，「那麼近喔！我都不知道！妳真厲害，怎麼會知道有這個樂園啊？」

我微微低著頭，困難的吞一口口水，彷彿下定決心似的抬頭回答：

「我弟告訴我的，他，也叫做小翔。」

「耶！跟我一樣！好棒喔！」

小翔真是個活潑快樂的孩子，一點小事就非常開心，蔡阿姨更是一個沒什麼心眼、直率的人，她約莫只考慮個三秒鐘，就興高采烈牽起小翔的手，看著我和阿公說：

「不如，我們一起去極地樂園吧！」

9

極地樂園

緣分，在此之前，對十四歲的我來說，還沒有發生過什麼效力，但此刻，當我看著一臉滿足的蔡阿姨與小翔，喜孜孜與我們結伴同行時，真的忍不住讚嘆起緣分的奇妙。

「阿公，去極地樂園，你想先玩什麼？」

小翔自前座轉身，笑咪咪的與阿公攀談，阿公也不知道是聽不懂還是真的在思考，竟伸手摸摸頭，露出疑惑的臉，還手舞足蹈的附和：

「來去，來去，來去……」

蔡阿姨微笑著看著阿公，正想向我說些什麼時，火車已然到站。

「到了！到了！我們快下車吧！」

極地樂園

小翔簡直像關不住的鳥兒，振動雙翅，急著往遼闊的天空翱翔。

「吳以翔，你的水壺要記得！」

蔡阿姨一手牽著小翔，一手提著背包，我則將大包包背在身上，牽著阿公緩緩下車。

「看我們這老弱婦孺的，等一下乾脆搭計程車去吧！」

蔡阿姨也不等我回應，就在車站外叫了一部計程車，司機先生很快的將我們送達目的，我正在掏錢，蔡阿姨已經付了車資：

「別忙別忙！我付就好，是我懶惰說要坐的嘛！」

不待我的客氣與回絕，小翔連忙衝下車，極地樂園亮晃晃的招牌，在他的驚呼聲中，似乎更形閃耀。

「喲呼！真的是極地樂園！好酷喔！媽媽，快下來，姐姐、阿公，我們快進去！」

小翔興奮的跑來牽我和阿公的手，也許是太久沒聽到這麼爽朗有活力的笑聲了，阿公竟然也笑了。

「快什麼快！不用買票呦！」

蔡阿姨迅速的走到售票口，我趕緊跟上，本以為又要為了誰先付錢而推來推去，沒想到，售票口與想像完全不同，讓我和阿姨立在那台深紅色大機器人前，不知所措。

「唉呦！沒有人賣票喔！……好像是投幣的耶！」

蔡阿姨歪著頭，對這個新奇的玩意充滿好奇，因為今天非假日，沒有什麼遊客，無人可問的情況下，我們一起抬頭研究告示牌上的說明。

「不論大人小孩每人八九九，一票玩到底，請將錢投入機器人嘴巴換取票券，機器人手臂可拉霸，祝您幸運中大獎。」

蔡阿姨簡略的念完規則後，小翔已經迫不及待，急著搶蔡阿姨手上的千元大鈔：

「我要投我要投！」

「好啦！一定會讓你投的，不要搶啦！」

蔡阿姨將錢交給小翔後接著說：「這個樂園真的很特別，買票還可以拉霸，試試手氣吧！」

小翔戰戰兢兢的將紙鈔送入機器人的嘴巴裡，票卷與找的零錢就從機器人肚臍眼掉出來，這時，機器人肚子上的螢幕開始閃爍，果然就像拉霸機一樣，出現三排文字，是各種獎項的名稱。

「看我的厲害！」

小翔信心滿滿的將機器人手臂往下扳，機器人自動發出刺激的音樂帶動氣氛，讓我們緊盯著螢幕不敢鬆懈。

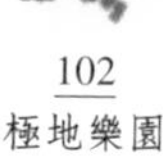

「唉呀！差一個！噢！前面兩個一樣耶！就差一個，差點得到……什麼？」

「差點得到『極地娃娃一隻』啦！我們家小翔都已經讀大班了，還有好多字不會念，不用功，羞羞臉。」

蔡阿姨故意逗弄小翔，母子倆笑鬧成一團，看著他們相似的笑容，我欣賞著這一幅動人的母子圖。

接著，小翔又自告奮勇替蔡阿姨買票，這次更慘，三個圖都不一樣，與獎品完全無緣。本來蔡阿姨又要替我們付錢，但我堅持不肯，於是，就換我拿出昨天剛領的千元大鈔，準備買票。當我把紙鈔送進機器人嘴巴時，發現小翔蠢蠢欲動，非常想拉霸的樣子，我會意一笑，不顧蔡阿姨的婉拒，還是把拉霸的機會讓給小翔。

「耶！好棒喔！姐姐妳放心，我一定會幫妳拉個大獎！」

不料，幸運之神似乎故意要跟小翔作對，竟然跟第一次小翔拉出的圖形一樣，並且，還是只差一張就賓果，這一連串的挫折，讓小翔翻臉了：

「這一定是騙人的啦！都拉不到！」

「哪那麼容易啊！該阿公了，你這次別搶啊！」

蔡阿姨溫柔的攙扶阿公去買票，阿公看見五彩繽紛的機器人，非常開心，我握著他的手，將機器人的手臂往下壓，肚子的圖形又開始奔馳起來。

「噔！噔！噔！」

在奔跑的文字圖形停下同時，機器人也發出誇張的交響樂曲，肚子還不斷閃耀光芒。

「中了！中了！三個都一樣耶！」

小翔拉著阿公歡喜的轉圈圈，我和蔡阿姨驚喜萬分，接過肚臍眼掉下來的獎品。

「啊！竟然是一張免費的門票！」蔡阿姨有點惋惜的說，「如果早點拉到，就可以少買一張票了。」

我接過門票，卻不認為這張票是多出來的，這一定是小翔也想來坐龍丸號，便幫助阿公，多拉到一張門票。我握著這張微溫的票券，對這樣冥冥中巧妙的安排，感到無比欣慰。

「Let's go！出發囉！極地樂園，我們來囉！」

在小翔的吆喝下，我們一行人像要進入冒險島尋寶的海盜般，昂首闊步跨進極地樂園。

10

時空膠囊

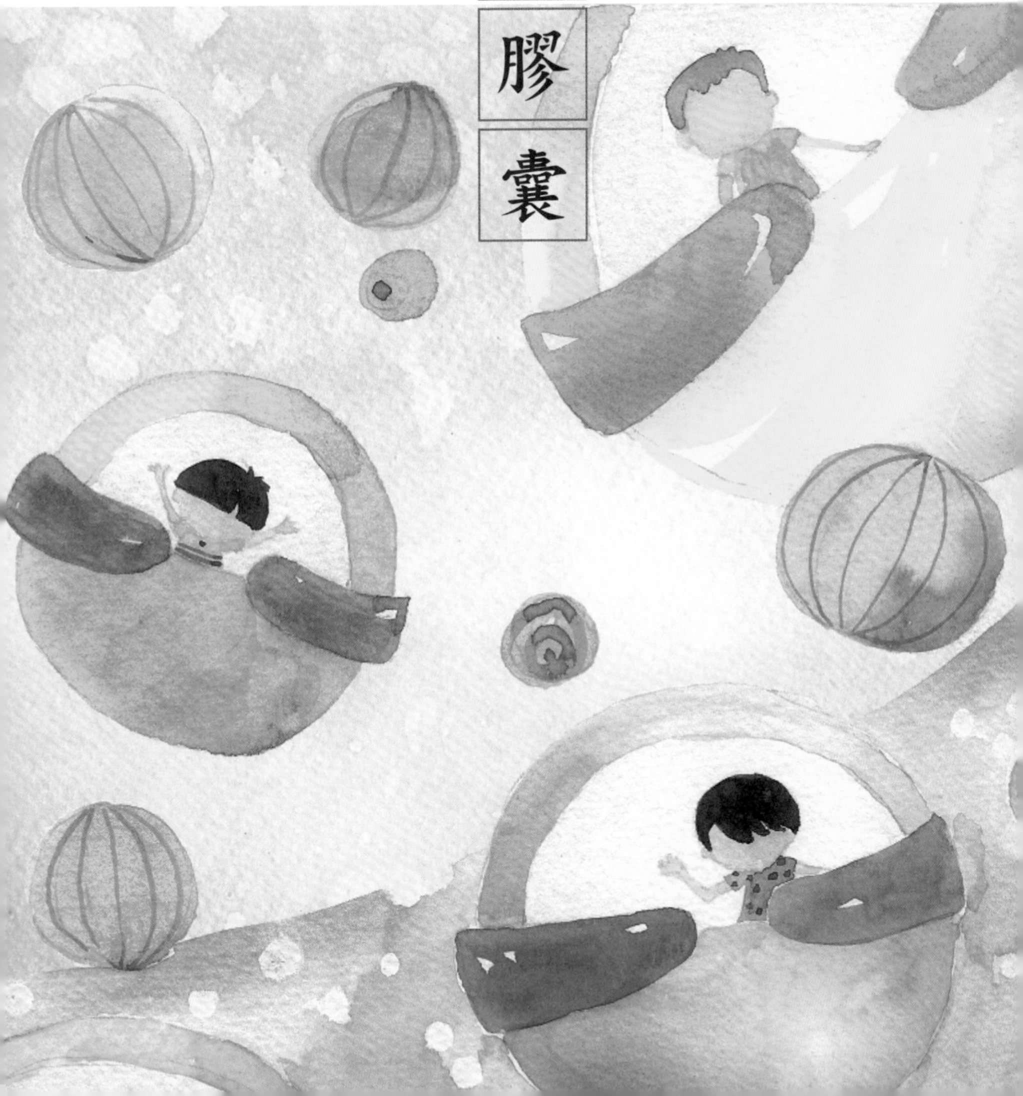

雖然，是為了龍丸號才與阿公來到極地樂園，但我並不急著搶見它的丰采，反而決定帶著近日難得的悠閒心情，按部就班，順著路線好好了解這個曾讓小翔掛在嘴邊津津樂道的樂園。

「姐姐，我們去坐那個！」

眼前的小翔正伸長手指的遊樂器材，是一顆巨大的膠囊，沒錯！就是吃藥時最大顆最難吞的橢圓形藥物。而現在，它居然成為一種遊戲，看起來非常奇妙的遊戲，被它滑稽的外型吸引，我們趕緊湊向前去。

這個遊戲機叫做「時空膠囊」，底部是天空藍，頂部則是透明蓋，將眾多七彩繽紛的球體包在裡面，而這一顆顆神奇的球體，是可以搭乘的單人座艙，我們四人分別搭上自己喜歡的球，等著它啟動。

輕巧的音樂響起，球體在看不見的軌道上自由飛行，以為它要往

左飄，突然又向右移；以為它要往上彈，卻又倏地往下掉，流暢的運轉，讓人恍如置身在一個既沒有時間也失去空間的幻境中。

在快速的移動中，我忍不住回憶起小翔曾經因為一齣卡通與我討論的話題：

「花媽埋在時空膠囊裡的願望，竟然是說長大以後生的小孩要叫桃子和柚子，女生真無聊，如果是我，我會寫希望長大後要……」

「要當阿呆海盜去阿呆島上找到阿呆寶藏嘛！」

不理會我的嘲笑，小翔繼續發表：

「我長大以後要當醫生，如果阿公生病，我會治好他，爸媽生病，我也會治好他們。」

「喂！為什麼沒說到我？」

「妳喔！」小翔挑眉露出淘氣的表情，「妳生的是『虎豹母病』，非常嚴重，沒辦法治啦！」

那天下午，我們就這樣打打鬧鬧，互開玩笑，聊著時空膠囊，感覺，好像是昨天才發生的事……

「嗶！嗶！」

突來的哨音雖然不算大聲，卻把我嚇了一跳，原本快速飛行的彩色球體變成緩緩移動，座位前方的儀表板邊發亮邊發出機器人說話的聲音：

「親愛的乘客您好，時空之旅即將結束，但您想不想讓夢想保留呢？請在螢幕上選擇您要的膠囊顏色，對著麥克風說出您的願望，並投入三百元，就可以擁有一顆時效一年，獨一無二的時空膠囊喔！」

這時，座艙內動感的舞曲又轉換成柔和的輕音樂，燈光也變成一閃一閃的小亮點，像極了誘人許願的星空。這不只是好奇心的驅使，更多的是我真的希望，也萬分渴望，這個願望可以實現，在這種魔力的刺激下，我幾乎相信，只要大聲說出來，願望就會成真。

於是，我在螢幕上選擇了銀色膠囊，對著吸管造型的麥克風說：

「我希望，永遠、永遠都能清楚的記住小翔，也希望，阿公的記憶快點恢復，我想念你們，我真的，好想好想你們……」

投入三百元後，一顆掛著鑰匙扣的銀色小膠囊就從螢幕底下的小洞掉出來，原來，這是一顆錄音膠囊，膠囊底部有一顆很小的藍色按鍵，用指尖輕輕一壓，剛剛我說的話，就被鎖住了，也正式啟動計時，據螢幕上的說明表示，一年後，設定好的膠囊會自動啟動，把我錄下的話一直重複播出，直到我聽見，並按下頂部的紅色按鍵，聲音才會停止。

球體正式停住，離開座艙，他們已經在出口處等我，小翔還牽著阿公，兩人看起來好像真的是一對祖孫。

小翔看見我出來了，興沖沖奔向我：

「姐姐，好好玩喔！」

「對啊！真的很有意思！」我走向阿公，「阿公，你還好吧？」

「放心吧！」蔡阿姨代阿公回答，「妳看阿公笑呵呵的，玩得可開心咧！對了！妳有買時空膠囊嗎？哇塞！這個樂園，真的很了不得啊！簡直超會賺錢的，居然還想到這種把戲。」

「我想做！我想做！我要做一個時空膠囊啦！」小翔拉著蔡阿姨糾纏。

「喝！還好你身上沒錢，好加在。」蔡阿姨故意誇張的拍拍胸膛，又轉向我，「不過，真的是很有創意啦！這種東西，你們年輕女孩一定更喜歡，說實在的，我自己都想錄一顆看看了，哈哈！」

蔡阿姨真是一個開朗又善解人意的人，縱使小翔鍥而不捨的纏著她要錢，她也沒有發飆，每次問我問題，我避重就輕回答，她也不會堅持逼問，這點，讓我很感謝。

「啊！快中午了，我們去找園區用餐的地方吧！」蔡阿姨拖著耍賴的小翔困難的前進，我則挽著阿公，走在他們後面。這一趟旅程，似乎越來越有趣了。

11

旋轉食道

如果說想要忘記煩惱就來極地樂園，一點都不誇張，在這裡，除了忙著接收一連串的驚喜與驚嚇，你根本沒有時間嘆氣。

為了尋找用餐的地點，我們在園區大致上繞了一下，發現園區的規模其實不大，但每個遊樂設施都布置成獨立的情境，不進去體會，光是在外觀望，是無法了解它的奧妙之處的。

雖然我不像小翔一樣邊跑邊叫，喊著這個想玩那個想玩，但我雀躍的心情是和他一樣的。雀躍？對於自己遺失了這種情緒後竟又在今日浮現，我有些歉疚，摸摸口袋裡多出來的那張門票，我感覺，小翔正與我同行，也和另一個小翔一樣，正手舞足蹈的指著各種吸引他注意的遊戲機歡呼。

「是這裡吧！哇！好驚人啊！」

蔡阿姨在一個十分特殊的建築物前面停下，從它的外觀看來，應該是餐飲部沒錯。蔡阿姨說它驚人，相信沒有人可以否認，因為，我們眼前的大門，是一個趴在地上的小男孩，露出牙齒張開的大嘴。

「小翔，這個趴在地上的小孩跟你吃東西的時候很像耶！」

蔡阿姨笑呵呵的嘲弄小翔，小翔撇撇嘴：

「媽媽，我覺得跟妳比較像，妳每次吃東西嘴巴都開得超級大，連蛀牙都讓人家看見了。」

「臭小子，我哪有蛀牙！」

小翔的小腦袋挨了蔡阿姨一記軟拳，連我身旁沉默的阿公看了都哈哈笑，我的心情也跟著放晴。

「走了，進去吧！阿公來，我牽你。」

很意外的，入口不像一般左右退開的自動門，而是上下開闔，顧客進門時聽到的也不是「叮咚！」而是「咕嚕！」感覺我們好像成了食物，被小男孩吃進肚子裡去了。更特別的是，進門後，是一條長長的迴轉步道，我們似乎真的進入小男孩的食道裡了，終於走到中心，看見上頭掛著「旋轉食道」的牌子，並聞到食物的香味，我們才發現肚子真有點餓了，看來，連這家餐廳都充滿魔力，呼喚我們飢腸轆轆。

等我們再走向前一點才注意到，原來內部有個類似旋轉壽司台螺旋狀的軌道，廚師們在起點處現做料理，顧客可以自由在台子上挑選餐點，食用完畢，再將空碟子拿到櫃檯結帳。

「這個方法很聰明耶！那就不用很多外場服務生幫忙收碟子，可以精簡人力。」

蔡阿姨忍不住讚嘆著，而小翔早就迫不及待，拉著我和阿公，直奔旋轉軌道，樂開懷的挑選食物。

「每一種看起來都好好吃喔！怎麼辦呢？」

小翔的猶豫我可以理解，因為，每一個碟子上的食物真的都很誘人，色彩鮮豔之外，造型又非常特別。除了我們之外，還有一些遊客也在一旁挑選食物，我這才注意到，原來平常日來樂園玩的人也不少。

「挑好了嗎？我幫阿公也拿了一些適合他吃的，過去那邊的座位吃吧！」

蔡阿姨動作真迅速，才一下子，她的拖盤上已經擺滿碟子，甚至還記得幫阿公挑選，我也不好意思磨菇太久，趕緊揀幾樣看來很特別的料理帶走。

「媽，我要吃薯條，妳怎麼沒幫我拿啦？」

「薯大頭啦！沒看見這裡的食物都很奇怪嗎？怎麼可能會有那麼普通的薯條啦！喏！這團看起來很像是馬鈴薯做的，你吃吃看。」

蔡阿姨遞給小翔的那「團」食物，其實是用薯泥捏出來的小刺蝟，尖刺黑黑的部分，我猜是用噴槍烤出來的顏色，這種技巧，我曾在電視上看過，真沒想到，這麼一家小巧的樂園餐廳，也會這麼細膩。

「嗯——好好吃喔！」

小翔的眼睛滿足的彎成月亮形，調皮的舌頭在嘴唇邊舔舐，看起來非常滿意這道餐點。接下來，不用蔡阿姨鼓勵，他已經主動動筷，每一樣都吃得津津有味。阿公則是由我餵他吃蔬菜麵條，蔡阿姨也會幫忙，讓我有空閒可以享受一下這裡的美食。

「姐姐，妳那盤粉紅色的是什麼？」

小翔指著我眼前的碟子，我看了看碟子上的名稱：

「上面寫『粉紅螺絲』耶！不曉得是什麼，我吃吃看。」

只嘗了一口，我就忍不住笑出來：

「原來是草莓燉飯啦！粉紅是草莓的顏色，螺絲我猜……是因為米飯的英文是rice，念起來很像螺絲吧！」

「好會搞笑喔！」

小翔呵呵笑著，我和蔡阿姨，也對這個充滿無敵創意的地方再次感到折服。先前還有點擔心阿公對這種五彩繽紛的餐點不適應，想不到，他對這裡的特殊米飯麵食料理，倒還挺能接受，這讓我放心不少，也開始盡情享用這一道道叫人啼笑皆非的有趣美食。

旋轉軌道的另一邊是飯後甜點區，水果、冰淇淋、果凍、布丁、餅乾、糖果、小蛋糕還有巧克力噴泉，簡直就像珠寶多到滿出來的寶藏箱，讓人為之瘋狂。

「大家進攻！」

小翔這聲恍如海盜出擊的呼喊，像極了我家小翔。

「阿公、姐，快來，這邊好多冰淇淋，喔耶！爸媽沒來，可以大吃特吃了，大家進攻！」

這是今年年初，阿公第一次帶我和小翔去吃到飽餐廳，我們三人，抱持著拚命吃大不了拉肚子的決心，徹底打破飲食定律，抓到什麼就吃什麼。明知暴飲暴食後果是很可怕的，但在當時，眼前的美食不再是供人溫飽的東西，而是一種遊戲，我們放縱的大口品嘗，不管主食甜點、熱食冷食，想吃就吃，專注於食物本身的吸引，去它的營養、管它的熱量，和著笑聲與歡呼吃下肚的食物，都是最健康的。雖然隔天一早，我和小翔甚至連鐵胃的阿公都因鬧肚子痛而遭媽媽白眼，但我們依舊認為，昨天那頓晚餐，是世界上最美味的。

和那天一樣，我挖了一白一綠兩球冰淇淋，上面還灑了七彩巧克力米，也幫阿公挑了一個雞蛋布丁，與左右手各抓了大把糖果的小翔一起走回座位。

「吳以翔！看看你的蛀牙，那堆糖果給我放回去！」

蔡阿姨雙手叉腰，瞪大眼睛盯著小翔手上的糖果，彷彿他抓在手上的是恐怖的毛毛蟲。

「拜託啦！我吃完會漱口嘛！」

也許是不希望讓我和阿公淨看他們母子爭吵，蔡阿姨瞥一眼在一旁的我們後，就對小翔舉白旗投降了。

因為每吃一道菜我們都要先從它碟子上的餐點名稱猜食物，並且每一道菜又都很可口，值得細細品味，因此，一餐下來，竟然已經過了一個多小時。準備結帳時，我們把幾種價錢相同的碟子疊在一塊兒，送到櫃檯去，本來蔡阿姨開玩笑說這次荷包要大失血了，出乎意料，十幾碟精緻餐點和甜品居然不到一千元，讓我們鬆了一口氣。

基於當媽媽的習慣吧！離開餐廳前，蔡阿姨提議大夥兒先去上個洗手間，在男廁前，阿姨看出我的遲疑，主動幫忙解圍：

「阿公也想上廁所吧！幸好男廁現在沒人，我來幫他。」

說完就牽起阿公往男廁去，我覺得很不好意思，上前婉拒，蔡阿姨卻很大方的表示無所謂：

「我是個護士，照顧病人時常也要幫忙他們上廁所的，放心交給我吧！妳一個小女孩，怎麼可能帶阿公去上廁所啦！沒關係，沒關係，我來就好，妳也快去上吧！」

蔡阿姨的這份體貼，叫我由衷感動，看著她細心攙扶阿公進廁所的背影，我突然驚覺，爸媽連一次也不曾像這樣，用溫柔的態度照顧與關心阿公，竟然，連一次也沒有過……

12

爆彈QQ

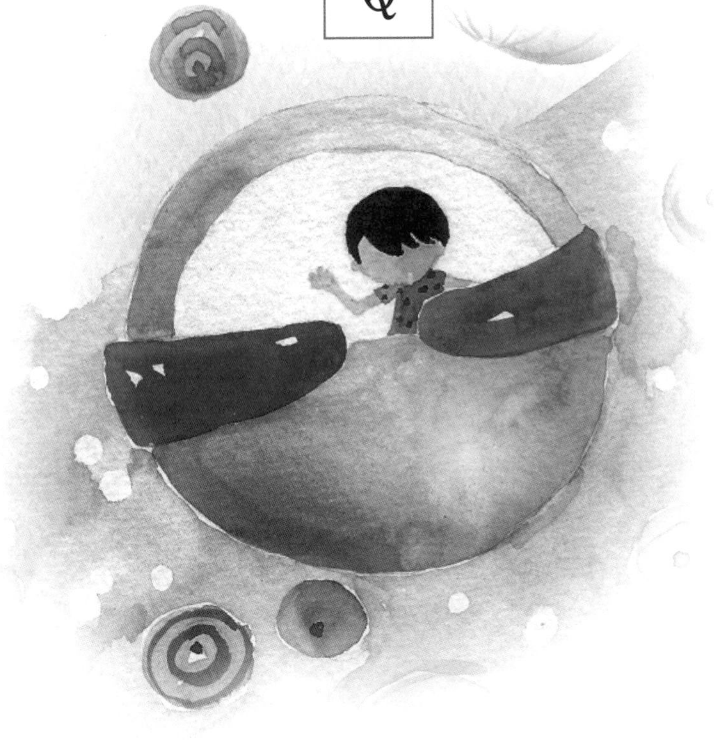

看著手錶，已經下午一點半了，還沒有見識到這趟旅程真正的目的——龍丸號，但它絕不會是剛吃飽飯後最好的選擇，所以，我就順從小翔的指引，來到一間掛著「爆彈ＱＱ」牌子的超大橡皮艇造型小屋。

這種遊戲，應該算是「碰碰車」的晉級版吧！像溜冰場般平滑的場內停了各種不同造型的角色可供操作，每一隻都只有上半部，下半部則是一圈充氣橡皮，場內有些遊客已經在玩了，人在裡面操作，機器娃娃會互相撞擊，又因為橡皮彈力而彈出去，再度與其他娃娃碰撞，就像彈力球，不斷在場中左右彈跳。

「唉呦喂呀！這樣撞來撞去，我骨頭會散掉，算了！我陪阿公在這裡等你們就好，佳琳，就麻煩妳帶我家這隻調皮猴去玩了。」

我笑著點點頭，小翔促狹的回頭對蔡阿姨說：

「媽媽才是大胖豬咧！」

不待阿姨暴跳，小翔反應迅速的拉著我溜了。

為了方便保持平衡，所以每一架機器娃娃都是單人座位，不過，這正符合了小翔要的。

「我要挑這架戰鬥機，姐姐妳呢？」

環視一下場邊剩下的機器，發現，有一隻跟哈利波特的寵物嘿美很像的白色貓頭鷹，於是，我和小翔便駕駛著橡皮艇娃娃，到場中央加入碰撞混戰。

座艙裡的搖控桿非常簡單，往前推，橡皮娃娃就往前滑，往後拉就往後滑，還可以繞圈圈，搖控桿頂端有顆紅色按鈕，甚至可以發射橡皮球飛彈，射中對方正中央的紅色圓盤，會害對方左右搖晃失去平衡，看到別人因為被攻擊而震動，驚慌失措的表情，實在是非常爆笑，不知打中了幾個敵人，每看到他們誇張扭曲的臉，我就笑得不可過抑，連眼淚都流出來了。

「老姐平常都酷酷的，但要真的想笑，就很像『起肖』，停不下來。」

小翔曾這樣調侃過我，與我差距三歲，性別又不相同的我唯一的弟弟，其實不算是我的玩伴，我們興趣不同，根本無法一起遊戲，所以，小翔常覺得我是很酷的姐姐。但偶爾，我會想跟他玩，正確來說，是喜歡捉弄他，看他出糗。有一次，阿莫帶了一根「電人巧克力」到學校惡整我們，我一時興起，把巧克力棒借回家用來整愛吃甜點的小翔，當時他剛上完廁所出來，手還濕濕的，我立刻上前裝好心，說要請他吃巧克力棒。小翔雖然有點驚訝，卻也不疑有他，開開心心接過點心，準備把巧克力棒拉出來大口咬的瞬間，「滋——滋——」電波直擊他濕漉漉的手，小翔因為突然被電而跳得好高，看他那融合貪吃又驚嚇的表情，我簡直像一瓶搖晃過的汽水，笑聲整個噴出來。

小翔有點惱羞成怒，氣呼呼的瞪著我說：

「給我記住，下次要妳好看！」

下次要妳好看！下次再一起去吃到吐！下次一起去坐龍丸號！下次，下次……，原來我們之間，也曾經累積過這麼多約定。

「噹！噹！」

機器娃娃在音樂停止後也赫然靜止，像靈魂出竅的軀殼，動也不動隨意停在場邊。

「姐姐，這真是太好玩了！妳剛剛得幾分？」

「啊？有計分嗎？」

小翔露出不可置信又萬分可惜的表情：

「有啦！打到敵人的話，螢幕會跳分數耶！啊！妳都沒注意看，好可惜喔！不然，我們再玩一次！這次妳要仔細看多少分，我們比賽。」

小翔再度拉著我往入口處前進，但這回，不知打那兒冒出來好多小朋友，管理員開始人數控制，我和小翔只好在一旁排隊等候。

「這個遊戲跟碰碰車很像，但是更好玩了。」

為了打發等待時間，我主動發起話題，沒想到小翔居然回答：

「我不知道耶！碰碰車跟這個到底誰比較好玩？」

「你沒玩過碰碰車嗎？」

小翔天真的搖搖頭：

「沒玩過，媽媽說那個撞來撞去，她會頭暈，所以都沒帶我去坐過。」

「那你爸爸呢？他可以帶你去坐啊！」

「爸爸……」小翔側過頭瞥一眼坐在休息區的蔡阿姨，「媽媽說，爸爸去很遠的地方了……其實，我早就知道，爸爸死掉了。」

像一根大棒槌重重撞在胸口，小翔的話，讓我的呼吸停了一拍：

「你……」

小翔依舊面不改色的說：

「我看阿嬤的臉就知道了，每次講到爸爸，就想哭，爸爸從來沒有回家過，媽媽會帶我去一個地方拜拜。」

「小翔……」我困難的嚥一口口水，「你怎麼有勇氣說出這句話？」

「什麼？」

「就是……就是『爸爸死掉了』這句話，你懂『死掉』的意思嗎？」

小翔重重的點點頭，很認真的回答：

「我知道啊！就是永遠不見了，像泡泡『啵！』那樣。」

關於死亡，我一直到現在還不願意面對，死亡，代表著軀體的腐爛；代表著靈魂的離散；代表著消失與終止。我們怎樣也無法承認，甚至開不了口，那個曾經活生生與我們一起呼吸、一起進食、一起奔跑，理所當然共存著的生命，已經不見，永遠不會回來了，像一顆前一秒還在眼前閃爍虹彩的泡泡，瞬息之間，就破滅消失了。生命來來去去，我們都知道它很脆弱，但有時卻因無法預知它何時到來，而以為身邊重要的人會永遠存在，當死亡驟降的那一刻，我們才重新發現，原來生命依舊是這麼脆弱，並不會因為那是我們很愛很愛的人，而對他網開一面，並不會因為那是我很愛很愛的小翔，而對他，網開一面……

13

再見龍丸號

「接下來，我們去搭龍丸號。」

對於我的提議，小翔很驚訝：

「姐姐怎麼會知道要坐什麼？」

「我弟弟……」我像吞了一根魚刺，「我弟弟告訴我的。」

「好耶！那我們快去吧！」

小翔像顆永備電池，能量十足，對任何新鮮的嘗試都抱持高度熱忱，雖然是個幼稚園小朋友，卻早熟聰明，又不失天真活潑，真是個人見人愛的小孩。相對於小翔的活力，阿公和蔡阿姨似乎有些疲憊了，漸漸落在我和小翔身後。

龍丸號十分顯眼，雖然坐落在樂園最偏僻的位置，卻架式十足像個主角般在天空中以優雅又高傲的弧度擺盪。

「哇塞！太帥了！」

沒錯，真的是帥呆了，小翔一定也會像這樣張大嘴巴驚嘆。

龍丸號跟一般的海盜船比起來並不算大，但整體造型非常精緻，氣派的紅船身滾著金邊，仔細一看，那些金色線條並不只是邊框，而是龍的身體，上頭還有鱗片的雕刻，船頭是一隻眼睛炯炯發亮的金龍，當船身擺盪，金龍的嘴巴上下開闔時，嘴裡的龍珠會發出七彩光芒。桅桿上除了插一支金龍造型的紅旗外，底下還有一條條銀色彩帶隨風飄盪，十分壯麗。

「龍丸號看起來好神氣呀！」

緩緩跟上的蔡阿姨，攙扶著阿公，在我身後說，我背對著她點點頭，眼睛幾乎要被龍丸號的光芒刺得流淚。

「媽媽一定又不敢坐了，姐姐，我們快上去吧！」

摸摸口袋裡那張給小翔的門票，我的心激烈跳動，連爬樓梯的雙腿都在顫抖。

「姐姐，坐哪邊比較好？我要晃高一點的！」

我牽著小翔，來到最靠近龍頭的座位，但突然想起身旁的小翔還只是個幼稚園小朋友，擔心他承受不住，便提醒著：

「這個位置最刺激，可是也盪得最高，你會不會怕？怕的話我們可以換到中間去坐。」

小翔搖晃著他的小腦袋，勇氣十足的說：

「有姐姐陪我坐，我不怕！」

小翔的勇氣也鼓勵了我，「有小翔陪我坐，我也不怕！」

壯闊的音樂響起，龍丸號開始前後搖擺，越盪越高，越盪越高，我們在上升的時候欣賞風景，在下降的時候閉上眼睛扯開喉嚨尖叫，龍丸號在我們背上裝了一對翅膀，帶著恐懼又新奇的心情，我們正努力學習飛翔……

「總有一天，我和阿公要騎『龍丸號』去尋寶。」

你找到寶藏了嗎？寶藏是什麼？

如果找到了，能不能讓我知道？讓我看看你得意的笑容；如果沒找到，那麼，需要我的幫忙嗎？因為，我不忍心看見你失望的臉。

「姐，幫我推高一點，這樣才能飛起來！」

你飛起來了嗎？飛到哪裡去？

如果飛起來了，能不能讓我知道？讓我聽聽你高興的笑聲；如果飛不起來，那麼，我願意給你力量，幫你推，用力推，讓你飛到你想去的地方……

小翔的膝蓋，有一個V字型的凹疤，那是他讀幼稚園時，阿嬤帶我們去公園玩，我幫小翔推秋千，得意忘形的他，竟然異想天開的把手張開，做出小鳥飛翔的樣子，接著，就真的像一隻小鳥一樣，從我和阿嬤的眼前飛出去。人，終究不是鳥，小鳥離巢，會自然的乘風飛翔；小朋友離開秋千，會摔得四腳朝天，讓膝蓋破一個大洞，三個禮拜才復元。這是小小的小翔，透過那次飛翔經驗，學習到關於人生的第一個道理。

「呦呼！好棒喔！我飛起來了！」

擺盪的龍丸號乘風破浪，將我和小翔的頭髮吹得老高，我身旁那眼睛笑成彎月的小翔，正張開手臂，舒服的享受飛行快感。我知道，這次小翔絕不會從我身邊飛出去。因為，人只是渴望飛翔，並不是真的想變成小鳥，小翔在上升的時候張開手臂，在下降的時候握緊把手，可見他很清楚，自己是人，不是鳥。

「啊！慢下來囉！」

剛剛還英姿颯颯恍如征戰將領的龍丸號，現在，卻像個溫柔的母親，輕輕推著搖籃，將我們平安送回地面。

「小翔，飛起來的感覺怎麼樣？」

「啵——棒！」

小翔豎起大拇指，極其滿足的回應我的問題，突然，他的腦袋上燈泡亮起，反問我：

「妳弟弟怎麼不一起來玩，一起來坐龍丸號？」

我正舉步下樓梯的動作猛然定住，正掙扎著要如何回覆時，小翔抬頭看著我，一臉正經的說：

「他也到很遠的地方去了嗎？」

我心中一蕩，對這個聰明又敏銳的小孩更添感激。蹲下來與他齊高，我直視他清澈如鏡的雙眼，喉頭緊繃得像要燒起來一樣，奮力控制聲音不發抖，鎮定的回答：

「我弟弟已經，死掉了……」

14

環島

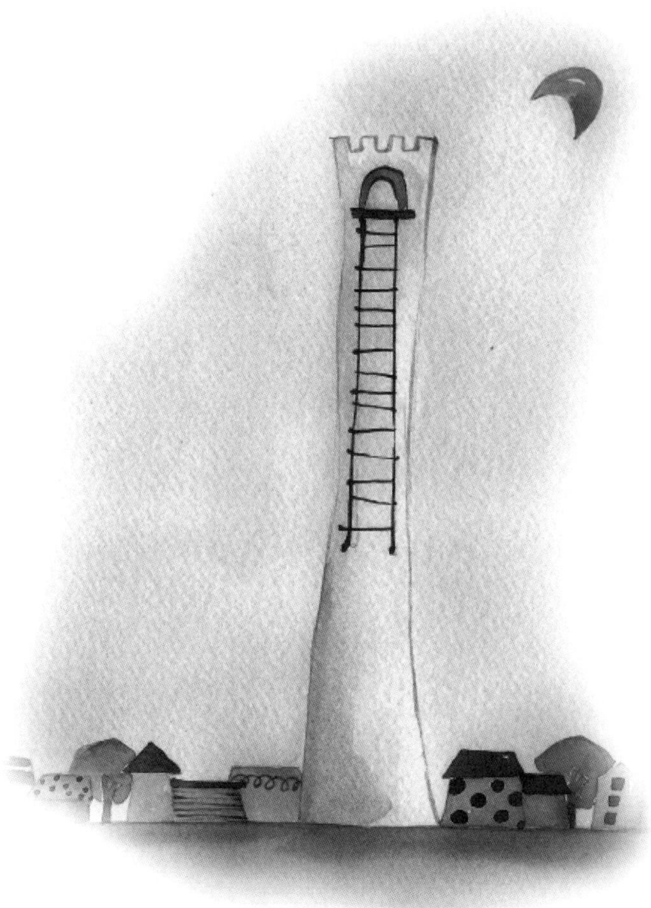

回程的路上，小翔和阿公已經累壞了，兩人在火車的規律搖晃下靜靜入睡。我並不打算回家，卻還是跟著蔡阿姨搭車回高雄，也許，我是捨不得太快與他們分開吧！蔡阿姨應該也很累了，但她並沒有闔上眼睛休息，反而調整座位與我面對面，臉上的表情非常柔和。

「我以前，」阿姨逕自開口，既像跟我聊天又像自言自語，「也曾經離家出走，那是小翔一歲多的時候。」

蔡阿姨的開場白，著實讓我嚇一大跳，這豈不表示，她從一開始就知道我帶著阿公蹺家，但我太想聽聽阿姨的故事了，所以，硬是將驚訝吞進肚子裡，依舊保持緘默。

「我先生，小翔的爸爸，是個消防員。當時，有間家具行失火，火勢太猛，現場溫度過高，他和另一個同事，出不了火場，一起罹難。」

蔡阿姨開朗的眼神變得黯淡，「我和我先生做的都是救人的工作，不是說，救人一命勝造七級浮屠嗎？為什麼？曾經救過那麼多條人命的人，會死得那麼慘？我完全不能接受。」

蔡阿姨轉頭看向窗外因車速而變形的風景，「我一個人，半夜十一點多，跑到車站，隨便選一班火車，就這樣漫無目的的搭上去。不誇張，我從高雄搭到台北，又從台北搭車到台東，一路上，沒說過一句話也沒喝過一口水，十幾個小時，我都一直在問自己，到底還要不要活下去？」

蔡阿姨原本縹緲的眼神，又回到小翔身上，她輕輕撫著小翔趴在她腿上的細嫩臉頰，臉上又恢復溫暖的神色，「東半部的火車，可以清楚的看到太平洋，我當時就想，乾脆隨便在哪一站下車，去跳海算了。結果，一下車，就聽見月台上廣播要到高雄的請轉搭下一班自強號，我突然想起，我還沒餵小翔喝奶！趕緊跳上那班自強號又回高雄去了。」

「我不知道，」阿姨又把注意力放到我身上，「妳有什麼困難，但看妳離家還帶著阿公，就知道妳絕不是在胡亂鬧脾氣。但不管如何，回家吧！阿公生病了，他需要很多人的照顧，為了阿公，妳應該回家。」

我點點頭，本來還想多說些什麼，但卻開不了口，生怕嘴巴一張開，淚水就再也止不住了，我點點頭，帶著感激與信任，無聲的向這對可愛又可敬的母子致謝。

與蔡阿姨母子道別後，輾轉搭車回到家，也已經晚上十點多了，蔡阿姨把她所有可以聯絡到的電話號碼都給我，要我一到家就向她報個平安，還交代我往後有任何事情需要人商量，都可以找她。對她這樣的善良心意，我感激不盡。

然而，就在我滿心以為一切都會好轉的下一秒鐘，兩抹慌張的身影，急匆匆向我與阿公飛奔而來，還來不及細看，一記熱呼呼的巴掌已經甩在我臉上。

「陳佳琳！妳搞什麼鬼？妳搞什麼鬼！」

夜燈下，媽媽像一頭發狂的獅子，用力啃咬我碎了又補補貼貼的心臟。她拍打我的肩膀，搖晃我的身體，最後索性趴在我身上，歇斯底里大聲哭泣。

媽媽激烈的反應把阿公嚇壞了，阿公慌慌張張想要逃跑，正好被迎面而來的姑姑擋住。

「阿爸！免驚，免驚，返來厝就好，返來就好……」

姑姑擁抱著阿公，安撫他的情緒，輕輕挽著他，來到我身邊：

「回來就好，哥，把大嫂扶起來吧！先進去再說。」

爸爸的臉，變得好蒼老，他不發一語的將媽媽攙進屋裡，看著他們汗濕的背影，我突然發現，他們，也是傷痕累累的人。

「要不是妳爸爸堅持說妳一定會回來，我早就去報警了，你們到底去那兒了？」

媽媽頂著一頭亂髮，淚眼婆娑，縱使如此，她的問題，還是不容許妳沉默以對。

「我……我帶著阿公，去極地樂園。」

「極地樂園？」媽媽停住眼淚，「那是什麼地方？」

「是小翔很想去的一個地方。」

客廳中的空氣瞬間凝結，我感覺到爸媽凝重的呼吸聲停頓了幾秒鐘。姑姑安頓了阿公之後，加入我們的談話中：

「小翔想去，所以妳代替他去？」

我點頭，又搖頭，「我是要帶阿公逃走。」

「妳在說什麼啊？什麼逃走？」

媽媽緊皺著眉頭，對我的回答與其說疑惑，倒不如說是充滿斥責。

「當然要逃走，誰叫你們，要把阿公送去療養院！」我決定直搗核心，「阿公辛辛苦苦照顧我們，比爸媽更常陪在我們身邊，發生車禍，並不是阿公的錯，可是你們，竟然要在他生病的時候把他丟到療養院，太過分了！」

我再也坐不住，整個人跳起來，扯開嗓門大吼。爸媽和姑姑仰望著我，一臉錯愕無言以對，媽媽終究是沉不住氣，也站了起來：

「說什麼丟到療養院？妳懂不懂？我們是希望請更專業的人來照

顧妳爺爺，這樣對他比較好！」

「才不是！你們是因為不想看到阿公才這樣！」我像顆被猛烈氣體灌破的球，一發不可收拾，「爸媽最自私了，什麼都是自己方便就好，阿公阿嬤還健康的時候，把我和小翔丟給他們，現在，又把我丟給姑姑，小翔已經不在我們身邊了，為什麼連阿公都要離開！」

「妳說這什麼話！妳真是——」

媽媽的話還沒說完，爸爸突然開口：

「我知道了。」

我們一起看向爸爸，完全不了解他的意思。

「我說我知道了，好了，都去休息吧！」

爸爸兀自起身，拖著沉重的步伐往臥室走去，留下我和啞口無言的媽媽、面色凝重的姑姑，與滿屋子的無解。

15
舊照片

經過這場「戰爭」，爸媽似乎願意退讓，至少，阿公還是留在家裡。但奇怪的是，我們家比以前更冰冷了。

「吳老師嗎？您好，我是陳佳琳，很抱歉，我昨天臨時有急事，所以沒去學校。請問，今天放學之後，我可以去力山國小拜訪您嗎？」

去拜訪吳老師，是姑姑早就知道的計畫，因此，她特別幫我懇求媽媽，讓我在今天放學後，先繞去力山國小一趟，媽媽雖然讓步了，還是忍不住規定我：

「只能待一個小時，六點半之前，如果妳沒回到家，以後休想單獨外出。」

為了把握時間，一放學我就立刻搭車前往力山國小。這裡，是我的母校，我畢業時，小翔才讀三年級，離開學校已經兩年，再回來，居然是為了去見小翔的導師，想來不覺詭異。

我走向五年級的教室，一邊思索著，小翔把老師的手機號碼裝在紙袋裡，到底是什麼用意？

「妳來啦！」

吳老師欣然迎向我，親切的拉著我坐下：

「妳一定很想知道，佳翔為什麼要把我的手機號碼寫給妳吧！」

我打量著眼前這位臉孔十分年輕，笑起來還有一對酒窩的吳老師，對她談論小翔的自然頗訝異，這份自然，讓我幾乎快察覺不出來，我們正在談論的人，已經不在這個世上了。

吳老師拿出一疊作文簿，任意翻開幾本給我看：

「前陣子，我出了一個作文題目，叫做『愛的藏寶圖』，大致上就是要小朋友發揮創意，為每個家人設計一張包含三到四個提示的藏寶圖，引導家人去找出屬於你們之間共同擁有的寶藏。」

這個題目，絕對是會讓小翔眼睛發亮、蠢蠢欲動，巴不得立刻衝回家設計藏寶圖的好題目，我發出會心一笑。

「妳也知道，」吳老師也淺淺一笑，「這個題目說難不難，但要做得好，卻不容易。大部分的小朋友都覺得這種題目很麻煩，因為他們懶得思考，更懶得付出行動，但是，妳猜到了，佳翔非常認真，這個題目，他拜託我給他一個禮拜的時間準備。」

接著，吳老師挑出一本作文簿，交到我手上，「我的手機號碼，是他藏寶圖的第一條線索，他拜託我如果姐姐打電話來，一定要把作文簿交給姐姐。」

看著手上的作文簿，「陳佳翔」三個斗大又端正的字體，無言卻又蘊藏千言萬語的，在我手心裡閃爍。

「本來，我很期待佳翔這個作文得高分，像推骨牌一樣，他的答案，一定充滿驚喜，」吳老師收斂了笑意，酒窩瞬間萎縮，「這場意外，真的很殘酷。」

領走了小翔的作文簿，一路上，我都沒有翻開內容，只是盯著封面上「陳佳翔」三個字，腦海裡不斷浮現小翔那天說的話：

「讓妳見識一下妳弟弟多聰明！」

「要打開來看喔！」

這些聲音，清晰異常，我差點回過頭去看看身後，以為小翔就會站在那裡，但我深深明白，小翔，往後都只會出現在我心裡了。

我信守承諾，在六點半之前準時回家，反倒是媽媽自己還沒回來，不過，他們現在不敢同時加班，所以，爸爸已經回家了。

「姑姑說妳去找吳老師啦？」

我點點頭，「老師要我去拿小翔的作文簿。」

「喔！好吧！來吃飯吧！」

爸爸緩緩走向飯桌，既不多問也不翻閱，我想，那也許是因為他還不敢相信，小翔已經走了，也許他還不願意承認，我手上拿著的，是小翔的遺物吧！但我想知道，這一刻，我迫切的想知道小翔到底計畫說些什麼，於是，我打開作文簿，開始尋找小翔的提示。

老實說，小翔的語文程度很不錯。他想像力豐富，用詞生動又有趣，看著他寫的作文，我竟有些入迷，當翻到第三篇題目為「舊照片」的文章時，我終於理解，他要我找的答案是什麼了。

第一頁貼了一張泛黃的舊照片，那是我在媽媽的協助下，抱著嬰兒小翔的照片，文章一開頭就寫著：

大我三歲的姐姐，是一個很酷又愛當老大的人。我們常常吵架，主要的原因是，我想跟她玩，她卻老是嫌我煩，不想跟我玩。其實，我不是煩她，我只是想跟她分享讓我開心的事。阿公常說，我和姐姐曾經住在同一顆肚子裡，是從同一個地方來到世界上，再也找不到比我和姐姐更親近的人了。我覺得阿公說得很有道理，可是，姐姐好像不這麼認為，還是，她聽不懂阿公說的話？這都怪她太缺乏想像力了啦！反正，從我一出生，她就必須一輩子都有一個弟弟，甩也甩不掉，那幹麼不好好跟我玩呢？真奇怪！

對著作文簿，我忍不住說聲：

「對不起……」

讀完小翔這篇文章後，我滿心愧疚，仔細想想，小翔說得沒錯，當時，我的確沒聽懂阿公說的話，小翔，你的確比我聰明多了，或是說，你比我更常用「心」去理解周遭的人。

突然，我撫在舊照片上的手，感覺到一點突起，原來，相片的四個角都被折了一小塊，我順勢翻到相片背面，小翔親手畫的塗鴉，一個大嘴笑開開的直髮女生，抱著一個小平頭男生，這，不就是我們姐弟？塗鴉的下方寫著：

老姐，其實我很可愛耶！妳一定也這麼想，只是不好意思說出來。

是啊！是啊！我對著小翔逗趣的塗鴉猛點頭，再次感受到，小翔給我的寶藏，好溫暖。

16

兜風

爸爸來到我身邊，再次提醒：

「先去吃飯。」

我抬頭看著爸爸，將小翔的塗鴉給他看：

「爸，這是小翔送我的寶藏。」

爸爸原本疲倦的臉色，悠悠現出一絲光彩，接過小翔的作文簿，看著那張舊照片，嘴角微微上揚：

「這孩子，總是做些特別的事……」

爸爸仔細盯著塗鴉，有了新發現：

「小翔畫的圖，為什麼這兩個人一個比三，一個比一？」

我湊向前，看著爸爸指的地方：

「真的耶！三和一……，這會不會是下一個寶藏的提示？」

爸爸的興趣顯然升起，嘴裡反覆念著三和一，正在思索當中的意義，沉浸在小翔試圖建立的語言迷宮中。

「三，是說你們姐弟差三歲嗎？還是說小翔三年級的時候有什麼東西他很喜歡？」

「可是這樣很奇怪，那一呢？又該怎麼解釋？」

環顧一下客廳，我的腦袋還因為這個啞謎而不斷運轉，反倒爸爸已經站起來，往小翔的房間走去。我遲疑一陣，也跟著進入小翔的小小王國。

小翔的房間，是獨立在客廳東邊的小空間，原本要當儲藏室，可在我升五年級那年，爸媽覺得讓姐弟一直同房很不妥當，就將儲藏室清空，讓小翔搬進去。雖然是像小鳥窩一樣狹窄的空間，但擁有自己的空間，等於是宣告長大，小翔為此得意洋洋，甚至還親手畫了很多張妖魔鬼怪，貼在牆壁上，以冒險島為主題布置房間，當時，我還曾嘲笑他那些歪七扭八的圖，簡直汙染了牆壁。現在再看一次，我只覺得，這是全世界最精彩的畫作，如果，我能早一點發現就好了……

「小翔真的很有藝術天分，以前，我怎麼都沒好好誇獎他……」爸爸略帶遺憾的看著小翔的圖畫說。

原來，爸爸和我想的是同一件事，人，真是矛盾的動物，擁有的不知道珍惜，失去了才覺得可貴，這層體會，讓我們更形感慨，一起陷入沉默。

突然，我的眼角瞥過當中的一張圖，那是眾多妖魔鬼怪當中，唯一一張現實生活看得見的物品，因此格外顯眼。

「爸，你看！」

那張圖，畫著一部深藍色汽車，一向強調精工畫作的小翔，很仔細的將汽車上的標誌、圖騰刻畫出來，其中，有兩個醒目的白色數

字，就寫在藍色車身上。

「是３１，原來，是寫著３１的車子啊！這個好像是……」

我還沒從記憶中搜尋到正確資訊，爸爸立刻接口：

「那是我送他的禮物，一部遙控車，小翔……把它畫下來了啊！」接著，又無限惆悵的說：「畫得真好，真好……」

我恍然大悟，原來，這次的寶藏，是屬於爸爸的，趕緊湊向前仔細端詳這幅汽車圖，卻沒找到任何文字。

「沒寫字？那麼，小翔想說的是什麼

呢？」

爸爸遙遠的思緒又回到現實，也湊近來看小翔的圖畫，然後，一道靈光閃入他腦海中，他拍擊自己的手掌說：

「是車子！那部遙控車呢？」

「對了，一定是！」

我和爸爸開始翻箱倒櫃，努力搜索那部多年前早已故障而不知去向的遙控汽車。老實說，這樣的經驗很奇特，與爸爸一起解題，一起思考，一起尋寶，感覺我們兩個是夥伴，為同一個目標奮鬥。

印象中的爸爸，是個安靜卻固執的人，雖然不像媽媽一樣動不動就對著我們吹鬍子瞪眼睛，但也並不親切，一旦他反對的事情，絕不容許妥協，甚至比媽媽更難打商量。爸爸的肩膀，從來不曾成為我們最安全的座位；爸爸的手臂，從來不曾成為我們最堅實的港灣；爸爸的雙腳，也從來不曾成為我們攀爬的大樹。爸爸，對我而言，絕不會是上輩子的情人，他只是一個擁有至親血緣，供給家庭衣食無缺的人物。

然而，這樣的爸爸，竟與我一起加入小翔的遊戲裡，我一邊積極搜尋遙控車，一邊偷瞄爸爸，對這樣的景象感到不可思議。

「在這！」

爸爸一把拉出藏在衣櫃角落裡，那部久違的破落遙控車。我拋開胡思亂想，迅速來到爸爸身邊，瞇著眼認真檢查這部遙控車。

「車的外殼好像壞了……」

爸爸掀開裂了一條大縫的車殼，一張小紙捲掉了出來。我撿起來，把它交給爸爸，輕觸他的瞬間，我才注意到，爸爸的手正微微顫抖。

「這是……給我的嗎？」

爸爸受寵若驚的攤開小紙捲，看了紙條上的字後，眼眶，濕濕的。

我彎下來看著爸爸拿在手上的紙條：

爸很俗耶！誰說男生一定喜歡遙控車，我比較喜歡腳踏車，更希望你陪我去公園騎，等我長大，換我買車送你，我們一起去兜風。

爸爸緊緊握著遙控車，壓抑著發抖的聲音：

「我……不算個好爸爸……」

接著，他頹然坐在地上，將頭埋在雙臂中，久久，不發一語。黑夜，就像抽氣幫浦，將滿屋子的光線，一點一滴，緩緩抽乾……

17

姑路

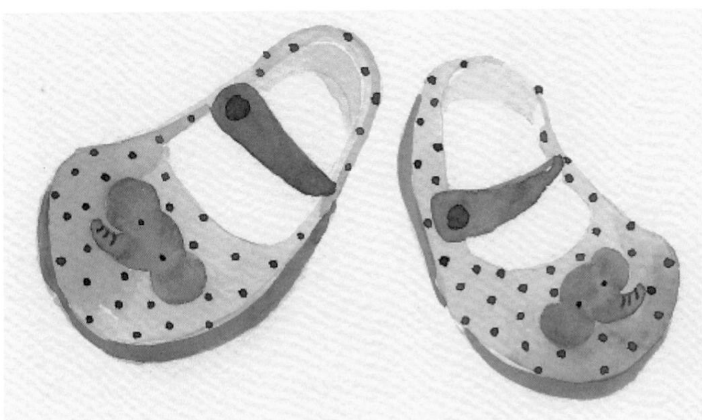

小翔剛出生不滿一歲時，後腦勺禿了一圈，看起來就像搖滾樂手時髦的龐克頭，這就是人家說的「姑路」。根據傳統，需要請姑姑送他一雙鞋子，這樣小孩的頭髮才能長出來。當時，姑姑送小翔的，是一雙繡有大象圖案的淺藍色嬰兒鞋。現在，這雙依舊嶄新、充滿紀念性的嬰兒鞋，就在我們一家人面前。

我和爸爸找到遙控車後，就把小翔生前最後一份作業，告訴全家人。

「這孩子，真的很貼心，又很有創意，沒想到他會這麼大費周章，把這些有紀念價值的東西當成寶藏又回送給家人。」

姑姑哽咽著，這番話，也引起了媽媽的傷感：

「真不知道，這麼好的孩子，為什麼偏偏……」

話題似乎又鑽進感傷的死胡同裡了，我有些坐立難安，爸爸彷彿與我心意相通，趕緊提醒大家：

「小翔想給我們的，是快樂。他一定也有留下線索要給你們寶藏，一起來找找吧！」

結果，我們四顆頭顱，就這麼擠在藍色遙控汽車前，試圖尋找蛛絲馬跡。大約過了十分鐘，不斷滾動的腦袋瓜裡幾乎要冒出煙來，還是一籌莫展。

「看來，我們四顆腦袋都比不上小翔的。」媽媽帶著讚賞又驕傲的口氣褒揚小翔，「怎麼以前，我都沒注意到呢？」

「爸……阿爸應該早就注意到了……」

姑姑接口的話，讓現場氣氛變得詭異，媽媽不再說話，但我漸漸了解，當她停止爭辯，其實就表示贊同了。

「好吧！你們繼續想，我去看看阿爸睡醒了沒，順便幫忙熱飯菜好了。」

　　姑姑起身前往阿公的房間，接著，又到廚房忙碌去了。

「妳，和我說了一樣的話。」

　　爸爸沒頭沒尾的話，讓我們莫名其妙，他接著說：

「就是妳說沒注意到小翔其實比我們還聰明。」

　　媽媽恍然大悟，「也不能說完全沒注意到啦！我的寶貝兒子嘛！當然聰明。」

「可是，我們很少給他掌聲，多數的時間，或者該說，花在他們身上很少很少的時間裡，我們都只關心他們沒做到的，而沒看見他們已經做好的，是吧？」

　　爸爸最後的問句，是看著我問的。媽媽閉上眼睛，把臉放在膝蓋上，接著，又抬頭看我：

「我們太忙了，所以很多事情顧不到，但妳和小翔都是我們最愛的寶貝，這妳知道吧？」

媽媽的語氣，與其說是詢問，其實更像請求，她害怕聽見真正的答案。我可以給他們想聽到的答案，反正一向如此，這是避開責罵最便捷的方法；也可以給他們最乖巧的表情，只要牽動嘴角，擠出笑臉，看起來就不太令人討厭。但是，我突然陷入沉思，思考著自己與父母之間的關係。我可以輕易的想起許多阿公阿嬤的習慣，也很容易記起與姑姑聊天時，她對我們說過的話，然而，我卻不太確定，父母在我的生活中，存在的位置。

蔡阿姨和小翔這樣的母子關係，是我最渴望的，甚至小翔那早逝的父親，也是我夢寐以求崇拜的父親形象，我的父母呢？他們的愛，是建立在富足的物質生活上。

「我知道爸媽很愛我們，但是，你們知道，我參加排球隊，已經學會殺球了嗎？你們知道，我喜歡的《哈利波特》上映了，我希望和你們一起去看嗎？你們知道，小翔腳踏車的反光鏡壞了，是阿公幫他裝好的嗎？你們知道……」

媽媽哭了，我還沒說完呢！媽媽卻哭了，像個脆弱的小女孩，縮起肩膀，兀自掉著眼淚。爸爸也在一旁，頭垂得低低的，像正被老師罰站的學生。眼前的他們，變得好渺小、好無助，我明白，他們的確是愛我和小翔的，但為什麼愛的方式那麼多，偏偏要選擇讓人受傷的那種？

我忍不住側過身，模仿小翔擁抱蔡阿姨的弧度，一把抱住哭泣不止的媽媽。媽媽起先嚇了一跳，很快的，她就放鬆身體，也緊緊的抱住我，輕聲說：

「對不起……真的很對不起，我的佳琳，還有我的小翔……」媽媽的身體好香，好柔軟，到頭來我才明白，不只是我需要擁抱，看似無堅不摧的爸媽，才是真正需要被擁抱的人。

突然，廚房傳來興奮的大笑聲，姑姑從廚房裡拿著鍋蓋跑出來：

「真的被小翔打敗，看看這個！」姑姑將手上的鍋蓋放在桌上，「真是鬼靈精怪，連這樣都想得到。」

原來，小翔用藍色奇異筆，在鍋蓋內側頂端畫了一隻很小很小的藍色大象，又在大象旁邊畫了一個中間禿了一圈的小嬰兒，一看到這個，不只是姑姑，連爸媽都理解箇中玄機了。

就這樣，小翔要與姑姑分享的寶藏——姑路鞋，就以這麼叫人啼笑皆非的方式曝光了。現在，我們全圍著這雙可愛的藍色小象鞋，等著姑姑念出小翔藏在裡面的紙條寫些什麼。

姑姑，我現在頭髮長得又長又茂密，都是妳的功勞！以後妳老了，頭髮掉光了，我也會幫妳買假髮，讓妳永遠都那麼漂亮！

「哈！」

姑姑念完之後，忍不住笑出聲來，這是這個家失蹤很久了的聲音，在此時重現，就像一顆投進湖泊的小石子，一圈推著一圈漣漪，漸漸擴散、漸漸擴散……

「哈哈哈哈！……」

已經分不清楚是誰的笑聲，我們一家人像被撞倒的保齡球瓶，倒在彼此懷裡，笑得東倒西歪。

18

USB連結線

媽媽在梳妝台前，找到了小翔的提示，他把一張小小的紙條貼在媽媽的香水瓶底部，上面只寫著：

翻開回憶！

對於這樣的暗示，媽媽始終想不透，這再度打擊了她不了解兒子的痛處與遺憾，她將香水瓶橫放在客廳桌上，杵著發呆。我能理解媽媽的焦急，畢竟，小翔的一字一句都是那麼珍貴，他送我們的寶藏，也帶來莫大的安慰。

「回憶……用翻的？」

媽媽做出翻動書本的姿勢，這動作牽引了我的靈感：

「相簿！可以翻的回憶，就是相簿！」

於是，媽媽把家裡大大小小的相簿翻出來，結果，就在小翔出生紀錄那一本封面，看見了小翔令人懷念的筆跡：

遇見我的第一天！

我們趕緊翻到小翔剛出生時，照的第一張照片。

「小翔的頭太大，好難生，本來我想自然產，拚命擠拚命推，他就是不出來，還卡在產道口，醫生只好幫我剖腹。」

媽媽這段話，讓我想起之前家政課時，老師曾讓我們看產婦生孩子的畫面，雖然有打馬賽克，但那卻使血淋淋的鮮紅色因為模糊而更形擴散，憑著想像力，我們彷彿身歷其境，清楚看見小孩從媽媽身體脫離的可怕畫面，其中，醫生為孩子剪斷臍帶的動作，最令我印象深刻。

回家後，我故意嚇唬小翔，想在他面前賣弄知識，順便強調女生比男生更偉大的想法，但小翔完全沒聽進去我的重點，只大驚小怪的說：

「妳說的那個臍帶，是做什麼用的？」

「嗯？」我不耐煩他的問題，「媽媽插在小孩子肚臍眼上，輸送養分用的啦！」

小翔的臉像打了燈光，整個亮起來：

「好酷喔！臍帶就跟ＵＳＢ連結線一樣耶！」

透過媽媽的ＵＳＢ連結，小翔來到這個世界，那麼現在，離開世界的小翔，又與那個世界做連結了呢？

「我知道是什麼了，媽，小翔的臍帶呢？」

「臍帶？」

媽媽頗驚訝，但還是到抽屜裡，把仔細收藏在玻璃瓶中的臍帶拿出來，當她看著這塊乾乾黑黑的臍帶時，臉上帶著溫和的表情。

「有一次，小翔突然跑來跟我要他出生時的臍帶，我才覺得奇怪，原來，他把這個當成寶藏了。」

「他說，媽媽的臍帶，像USB線。」

「USB！呵呵！的確很像……」

媽媽輕輕撫摸著玻璃瓶子，把裡面的臍帶和一張小紙捲一塊兒倒出來，她輕聲啜泣，把小翔的紙條仔仔細細讀過好幾回：

媽，謝謝妳把養分給我，這塊黑黑髒髒的東西，是我的第一份禮

物。

短短幾個字，卻已經讓媽媽無法克制，眼淚流個不停。

小翔，媽媽現在的模樣，真的好美，你，看見了嗎？

19

來自遠方

阿公最近好像越來越虛弱，常常一睡就睡很久，還有尿失禁的現象。我確定小翔一定留給阿公最重要的寶藏，但阿公似乎已經沒有能力去發掘了，於是，我擔起重任，老是在家裡東尋西找，努力找這最後一份寶藏。

「印地安喬把銀幣埋在地上，被湯姆和哈克發現……」

每天，我還是會在阿公床邊，為他朗讀《湯姆歷險記》，但他的眼睛已經變得混濁，臉上，也漸漸布滿下垂的呆滯線條，好像這個世界本來就與他無關，他深邃的瞳孔裡，不再有任何感情。

我才念了兩頁，阿公的眼睛就閉起來了，我悄悄闔上故事書，為阿公蓋好棉被，卻一時手滑，故事書掉在地上，還好，阿公沒有被吵醒。正要拾起地上的書本時，一張書籤，像落葉離枝一般，自書縫中悠然墜落，我撿起來一看，不自覺笑出聲來：

「竟然就在我天天翻動的書本裡！」

書籤上寫著：

通關符號！

這真的考倒我了，我相信，這是小翔和阿公之間的祕密，只有他們自己才能意會的提示。

「阿公，阿公……」情況特殊，我只好搖晃阿公，希望他能給我一些指引，

「阿公，你還記得『通關符號』嗎？」

阿公半夢半醒著，瞇著眼，疑惑的看著我：

「嗚……」

阿公突然低聲嗚咽，我摸摸他，才知道，原來阿公尿床了。聽到聲響的姑姑趕進來幫阿公換尿布，我只好先出去。

阿公，變得好無力，變得好無助，也變得好無奈，我的心糾結成團，十分難受。經過窗邊，瞥見停在庭院的龍丸號，突然有股衝動湧來，於是，我下樓去，牽著龍丸號，一躍而上，困難的踩動已經生鏽的腳踏車。

這時，綁在前頭那塊反光板引起我的注意，那原本是小翔從我的櫃子裡拿去用的ＣＤ，不知何時，ＣＤ上的「英語教室」已經被另一張紙覆蓋，現在，那張紙因為日曬雨淋，已經斑駁脫落，但隱約仍可看見上面的痕跡。

「什麼東西？」

我極其專注的盯著那張褪色的圓形紙板，就像聚光的放大鏡，幾乎快把紙張燒起來。

「一個在笑的骷髏頭嗎？……沒錯！是骷髏頭……，但，這是什麼啊？」

我把反光鏡拆下來，前往阿公的房間。姑姑已經把阿公整理乾淨，正準備哄他入睡，我把反光鏡拿到阿公面前。

「阿公，你記得這個嗎？」

阿公撐開沉重的眼皮，眼睛有點失焦，最後，總算又對準我手上的反光鏡，靜靜端詳著。

「別勉強阿公了，讓他睡吧！」

姑姑勸退我，並順手將反光鏡從阿公手上抽走，沒想到，阿公像觸電一樣，迅速把反光鏡搶回去，抱在懷裡，十分珍惜的模樣。我深受刺激，趕緊向前問：

「阿公，你知道這是什麼了嗎？」

結果，阿公竟把舌頭伸出來，大口大口舔起CD反光片，好像他手上拿著甜滋滋的棒棒糖。

我和姑姑面面相覷，難掩失望。姑姑看了小翔畫的骷髏頭後，記憶脈絡點連線，線成面，她拍著手興奮的說：

「這個這個！在這裡啦！」姑姑指著阿公房間角落，「我打掃的時候發現的，這塊磁磚裂了，旁邊被畫了一個小圖，現在我才知道，原來那是小翔畫的骷髏頭啊！難怪有點眼熟。」

我蹲在地上仔細看著，磁磚被傾斜的線畫開，裂了一道，用手一扳，磁磚一角居然剝落，一把小鑰匙，也順勢掉落。

「一把鑰匙！」

我想起小翔書桌的抽屜，有一個是鎖住的，這個聯想，讓我急急忙忙奔回小翔房裡，果不其然，抽屜打開了。

給阿公的冒險書，阿公要永遠健康，和我一起去很遠很遠的地方探險。

這是一本用白紙製成裝訂簡單的手工書，封面就寫著「與阿公的約定」，我拿著手工書到阿公房裡給他。

「阿公，這是小翔給你的寶藏。」

阿公放下CD片，好奇的拿起這本冒險書，想要打開卻做不到，我上前幫忙。第一頁，畫著一個騎著龍丸號的小男孩背後載著一個老人；第二頁，畫著一片汪洋大海，和拿劍砍海怪的一老一少；第三頁，畫著噴火龍從山頂噴火，一老一少舉著盾牌抵抗。再來，就剩空白頁，小翔還沒畫完吧！又或者，他把剩下的故事，帶到遠方去了。

所有的生命都是從很遠的地方來的，在人世間走了一圈後，又回到很遠的地方去，這是很自然的現象，不用太難過……

回到遠方去的小翔，你的寶藏，我們收到了。

幾天後，阿公的病情越見沉重，需要住院治療，那天，媽媽親手幫阿公穿衣服，並將她為阿公準備的行李交給爸爸。爸爸攙扶著阿公，什麼都沒說，當阿公側過頭看著爸爸時，嘴巴一開一闔，好像想說些什麼，但他其實一點聲音也沒發出來。爸爸伸出手，幫阿公把他眼睛上附著的眼屎擦乾淨。

「阿爸，小心，一步一步慢慢行……」

阿公笑了，像準備上台領獎的小朋友，臉上漾著絢爛笑容迎接眾人欣羨目光。那一刻，我相信，溫暖的陽光，總有一天會再回到屋子裡。

九歌少兒書房 199

連結愛的USB

著者	黃麗秋
繪者	劉彤渲
責任編輯	鍾欣純
發行人	蔡文甫
出版發行	九歌出版社有限公司 台北市105八德路3段12巷57弄40號 電話／02-25776564・傳真／02-25789205 郵政劃撥／0112295-1
九歌文學網	www.chiuko.com.tw
印刷	晨捷印製股份有限公司
法律顧問	龍躍天律師・蕭雄淋律師・董安丹律師
初版	2010（民國99）年12月
初版 2 印	2013（民國102）年7月
定價	240元　　第50集　全套四冊960元

書號　0170194

ISBN　978-957-444-736-7

（缺頁、破損或裝訂錯誤，請寄回本公司更換）

國家圖書館出版品預行編目資料

連結愛的USB / 黃麗秋著 ; 劉彤渲圖. --
初版. -- 臺北市 : 九歌, 民99.12
面 ;　公分. -- (九歌少兒書房 ; 199)
ISBN 978-957-444-736-7(平裝)

859.6　　99021001